ミステリーは非日常とともに！

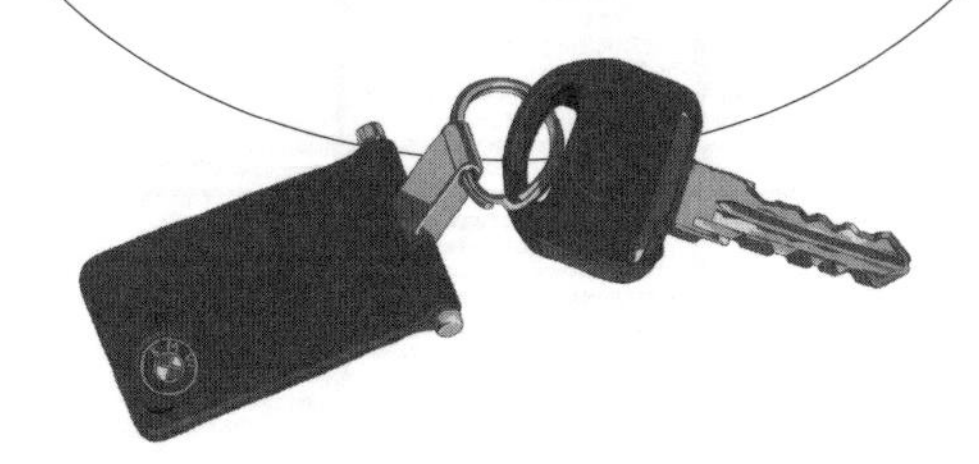

未須本有生
Misumoto Yuki

南雲堂

ミステリーは非日常とともに！

ミステリーは非日常とともに！◉目次

装丁　奥定泰之
装画　オオタガキフミ

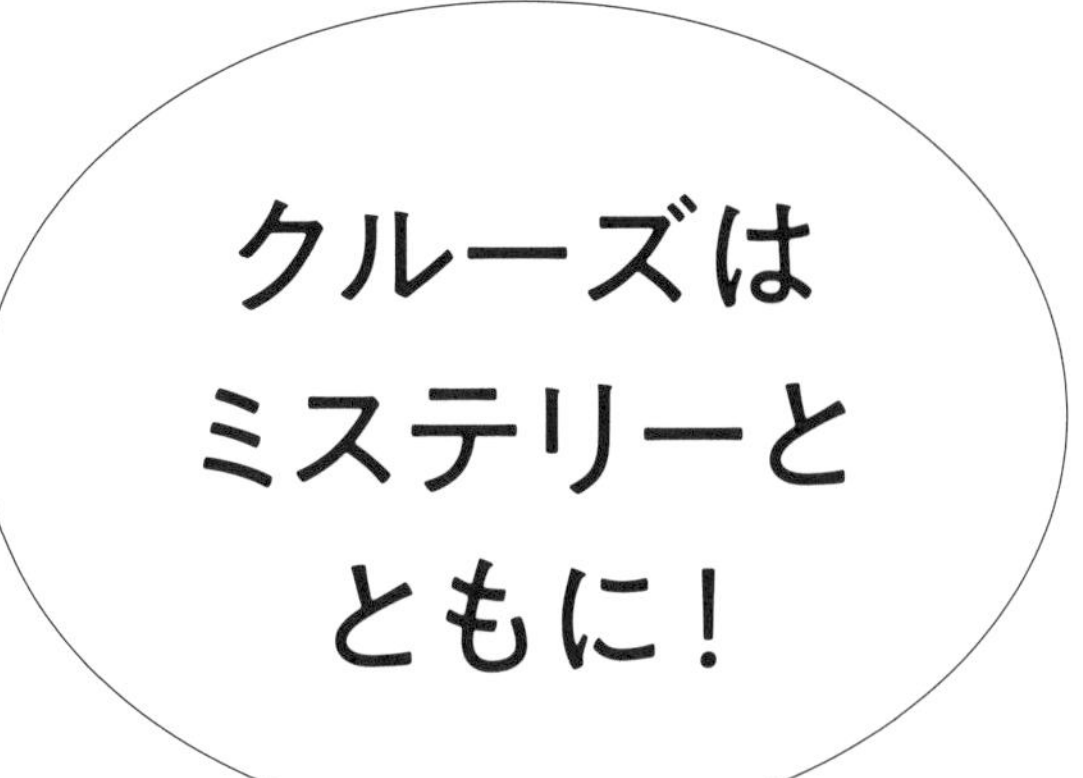
クルーズは
ミステリーと
ともに！

登場人物

高沢のりお——ミステリー作家
倉崎修一——デザイナー
小野寺司郎——中堅出版社、翔仁社の編集者
町田栄美——大手出版社、春花秋桃社の編集者
桜木景子——旅行代理店、全日トラベルの社員

1

「ファンとの交流会を、クルーズ船でやるんですか？　それはまた大胆な！」

小野寺司郎は電話口で、思わず大声を上げていた。

旅行代理店、全日トラベルの桜木という女性から、中堅出版社の翔仁社に電話がかかってきたのは一週間前のこと。出版大手の春花秋桃社と共に進めている企画があり、小野寺にもそれに加わって欲しいという依頼だった。

品川にある全日トラベル本社に赴き、会議室に通された小野寺は、その場で桜木から春花秋桃社の女性編集者、町田栄美を紹介された。文芸部所属で、今回の企画の担当者だという。

スリムな長身で、カジュアルなワンピースにショートカットのヘアスタイル。お堅い老舗出版社の社員には、ちょっと見えない。

対する桜木景子は、小柄でロングヘア。旅行代理店の社員らしく、シンプルなダークグレーのビジネススーツ姿だ。

名刺を交換して着席すると、町田は企画の概要を説明した。

一言でいうと、「人気作家、高沢のりおとファンの人たちが、数日間のクルーズ旅行を楽しみながら親睦を深め、ミステリーを語り合う」というもので、日本船籍最大の客船、斑鳩(いかるが)で行う予定だという。

「客船はミステリーの舞台としてふさわしいですし、斑鳩は五万トンクラスの大型船でありながら乗客の人数が約八百五十名に抑えられていて、船内がゆったりしていますので、最適だと思いました」と町田が補足した。

彼女は一度、トラベルミステリーで有名な大御所作家の随行で、斑鳩に乗船した経験があるという。

代理店の桜木によると、近年は十万トンを超える超大型クルーズ船が増えてきたが、乗客が三千名にもなるため、船のどの施設も常に人で溢れているらしい。

「船の中が混んでいると落ち着かないので、超大型船はミステリーの雰囲気にそぐわないように思います」

そうですね、と同意した小野寺だったが、シンプルな疑問が湧く。

「ええっと、読者との交流を深めるイベントを企画するのは、書籍の売上げが伸び悩んでいる出版業界の活性化という観点からは、歓迎すべきことだと思います。ですが、わざわざクルーズ船でやるのはなぜですか?」

やはりそうきますよね、と町田は笑みを浮かべる。

「言うまでもなく、ミステリーで重要なのは犯人が仕掛ける巧妙なトリックであり、それを捜査する側がどうやって解き明かしていくかというプロセスです。でも私はそれとは別に、ミステリーには華やかさが必要だと思うんです。

近年のミステリーは、叙述(じょじゅつ)トリックによる意外性や、ITなどの高度な専門知識を駆使したもの、あるいは不必要なまでに猟奇的なものが多くて、それはそれでいいんですけど、昔の名作と比べて今ひとつ華麗さがないなぁという気がしています……」

「なるほど、クルーズ船という非日常の場で、往年の名作のような華やいだ雰囲気を味わいながら、ミステリーを楽しんでもらおうというわけですね。しかし、参加費はかなりの額になると思うのですが……」

その問いには桜木が応じた。

「斑鳩の客室は基本的にツインルームですが、予定している四泊五日のプランでは、二人で一部屋を使う場合、最もグレードの低い部屋で一人当たり約二十万円、最も室数が多いスタンダードな部屋で二十八万円程度になります。さらに高いハイグレードやスイートもあります」

「うわっ、さすが豪華客船だけあって高額ですね。そんな金額で、高沢さんのファンがどれほど参加できるか疑問だなぁ。八百五十名なんて集まりますか？」

まさか、と桜木は大きく手を横にふる。

「例えば、船に造詣が深い大物俳優でしたら、その名を冠したツアーを組めば、ファンの人たちだけで十分満室になりますし、航海中にライブ、船上パーティ、ゲーム、映画上映、講演会と多彩な催しが可能です。僭越ながら、高沢先生ではそれは到底無理なので、今のところ、募集人数は最大で八十名くらい、通常のツアーの中のオプション的な扱いという方向で考えています」

そこそこ人気があるミステリー作家程度では、船を一杯にするほどの集客力もなければ、数日間にわたって場を持たせることもできないという訳だ。

それにいくらファンでも、タキシードを身にまとってアニメソングを熱唱する高沢のライブなど期待していないだろう。

小野寺はさらに町田に質問した。

「つかぬことをお訊きしますが、御社が進めている案件なのに、なぜ私にもお声がかかったのでしょう？　もちろん弊社としては、このような大層な企画にご協力できるのは有難いことですが……」

「それは高沢先生の方から、小野寺さんもぜひメンバーとして加わっていただくように、との要望があったからなんです。先生は小野寺さんをずいぶんと高く買っていらっしゃるようで、同じ編集者として、とても羨ましいです」

「はぁ、そうなんでしょうか……」

曖昧な返事をする他ない。高沢が自分を評価しているとは思えない。もしそうなら、小説一本書くのに三年も待たせたりはしない。

……ふと、その理由に思い至った。クルーズなどこれまで縁がなかった高沢は、船旅の基本ルールや慣習など、何も知らないに違いない。

存外、自尊心が強い高沢は、女性の桜木や町田に素人ぶりをさらけ出したり、面倒をかけたりするのはプライドが許さないのだろう。その際、代わりを務めるのが小野寺……つまるところ付き人、三太夫というわけだ。

まあ、この手の役目には慣れているし、クルーズは得がたい経験だ。高沢のご指名とあれば、費用も会社持ち……いや、ただ随行するだけではこの厳しいご時世、出張扱いにはならない。

経費として計上してもらうためには、企画の中に我が翔仁社の益になる何かを入れ込む必要がある。

「町田さん、高沢さんとファンの人たちとは、具体的にどのような形で交流するんでしょうか？」

ごく当然の質問をしたはずだったが、女性編集者は困ったような表情を見せる。

「そこなんですよねぇ、問題は。このお話を桜木さんからいただいたとき、真っ先に頭に浮かんだのが高沢先生だったんですけど、その理由は、厳格な本格ミステリーを好む読者から、アニメ好きの人たちまで、ファン層が幅広いことなんです」

「はぁ、それに異論はありません。高沢さんはご自身の小説の幅も広いですが、古典ミステリーについてもとても詳しくて、厳格な評論書をいくつか書いています。これらはディープなミステリー愛好家やプロの作家から、高い評価を得ていますよね。

一方で、ネット上で派手にアニメマニアの人たちと議論を展開している……ホント、あの人の頭の中は一体、どうなっているのかと思いますよ」

「ええ。ですからクルーズの間に、ファンの皆さんを交えて座談会をやったり、ミステリーの歴史や近年の傾向、あるいはトリヴィア的なことについて講演していただければ、それなりに盛り上がるとは思います。

でもそれだけでは、やはりパンチに欠けますよね。船旅ならでは、という特別な何かがあった方がいいとは思うのですが……」

「私ども旅行会社としても、せっかくの企画ですから、お客様の心をつかむ目玉が欲しいところです。小野寺さん、面白いアイデアはありませんか？」

「えっ、私ですか？」

こちらにいきなり振られても困るが、まずは本音を伝えた方がいいだろう。

「弊社は小さい会社ですから、おそらく高沢さんのつきそいというだけでは、出張は認められません。でも、クルーズの経験を反映したエッセイなり小説なりを、弊社の月刊誌に掲載してもらうというような成果が得られるのであれば、大丈夫だと思います」

「それについては、こちらも同じです。言い忘れてましたが、イベントの後にクルーズをテーマにした小説を書いていただくよう、高沢先生にお願いしてあります」

さすが春花秋桃社、抜け目がない。

だが、かつて高沢にのらりくらりと小説執筆を引き延ばされた経験を持つ身としては、口約束だけではどうも信用できない。成果は早めに出してもらう必要がある……と、ある考えが頭に浮かんだ。

「これはアリかもしれない」

つい声に出した小野寺に、二人の視線が注がれる。

「何か思いついたんですか？」

「教えてください！」

急かす女性達にたじろぎながら、小野寺はその案を説明した。

「私は以前、高沢さんに社会派ミステリーの執筆をお願いしたことがあったんですが、引き受けてもらってから原稿が完成するまでに、ずいぶんと時間がかかったんです。ですから、今回はそういうことがないよう、前もって、型にはめておく必要があるんじゃないでしょうか」

「つまり、へたすると、高沢先生に豪華旅行をプレゼントするだけになっちゃうかもしれないということですね。私たち版元としてはそれだけは避けないと……で、具体的にどうするんですか？」

「ミステリー小説のネタとなるトリックをいくつか、御社と弊社の分で最低二つ、クルーズ中に高沢さんに考えてもらうんですよ。それを参加者に謎解きの問題として提示し、ツアー最後の夜に解答を披露するんです。このアイデアはどうでしょう？」

「それ、いいです！」

町田が歓声を上げる。

「高沢先生は、ファンの人たちの期待を裏切らないよう、そして売れっ子ミステリー作家の名に恥じぬよう、限られた時間で確実にトリックを作らなければならないわけですね。そして、それはそのまま、私たちが受け取る小説の骨子になる。すばらしい！」

「ついでに言うと、参加者も皆、クルーズ船という同じ空間にいるわけですから、高沢さんが斑鳩の中で見つけたり体験したりしたことを元に犯罪やトリックを考えれば、それは必然的にフェアってことになりませんか？」

「なるほど。本格ミステリーでは、読者に対して、謎を解くために必要なヒントを作中で開示することが求められますけど、クルーズ中に得たトリックなら、ゲストの皆さんが船内でのあらゆる出来事に目をこらしていれば、ちゃんと正解にたどりつけるというわけですね」

「はい。そしてもう一つ。公に発表される前に小説のトリックを知ることができるというのは、通常はあり得ないことですから、それも参加者にとっては大きな魅力になると思います」

今度は桜木が大きく頷く。

「おっしゃる通りです。『皆様とクルーズを共にする人気作家が、新たなミステリーを創作！』あるいは『このクルーズにおいて、あなたは新たなミステリー誕生の目撃者となる！』。キャッチコピーはこんな感じでしょうか。

これだったら、企画の成功は間違いないですよ。さすが、高沢先生からぜひ参加して欲しい、とご指名を受けるだけのことはありますね」

二人の女性から求められた握手に応じながら、小野寺は心の奥でつぶやいた。

「これは高沢さんから相当恨まれるな」

2

「相談したいことがある」

連絡を受けたフリーデザイナーの倉崎修一(くらさきしゅういち)は、早速、友人宅を訪問した。

顔を合わせるなり、高沢はため息をつく。

「俺は、まんまとはめられたんだよ」

豪華客船、斑鳩で四泊五日のクルーズ。その間にファンとの座談会と、ミステリーに関する講演をやるだけ。クルーズをテーマにした小説を依頼されてはいるが、それは船を降りた後でのんびり書けばいい。

なんてお気楽な企画だと、二つ返事でＯＫしたところ、巧妙なワナが隠されていたという。

つい三日前、春花秋桃社の町田、全日トラベルの桜木、そして翔仁社の小野寺、三名の連名で、高沢へのミッションが提示された。

◎クルーズ中に最低二つ、ミステリーのトリックを作り、後日、小説にすること。
◎トリックは客船、できれば斑鳩ならではのユニークなものに限ること。
◎ファンの人たちに、トリックを問題として提示し、最後にその答えを明かすこと。

憂鬱顔の小説家には悪いが、小野寺たちの要望は理に適っていると思う。

「そもそも豪華な旅行を楽しむだけ、なんて虫のいい話は、このご時世、あるはずないって。彼らが出費に見合った対価を要求するのは、資本主義のルールに則っているだけで、当然じゃないかな。それにツアー参加者の側に立ってみれば、ミステリー作家、高沢のりおの真髄に触れられる、すばらしい企画だよ、これは」

「まあ、客観的に見ればそうなんだが、俺が承服しがたいのは、このいまいましいアイデアを提案したのが、よりによって小野寺さんだったってことなんだ！」

ほう、なかなかやるな……倉崎は胸の内で知人の編集者に拍手を送ったが、高沢はさらに不満をこぼす。

「彼にはこれまで結構、世話になっているからさ。日頃の感謝をこめて、普段の地味ぃ〜な生活とは真逆の経験をさせてやろうと思って、わざわざ声をかけてやったのに、こんな厄介な仕事を突きつけるなんて！　恩を仇で返すとはこのことだよ、まったく……」

「ははっ、君にとっては、まさにヤブヘビだったというわけだね。でも小野寺さんを誘った理由は、本当は日頃の感謝じゃないよね。さしずめ、クルーズ中の雑務を全て押し付けるためだったんじゃないの？」

「ううっ」高沢は声を詰まらせる。

　どうやら図星だったようだ。この男とのつきあいは長い。考えることはだいたい分かる。

「しかし客船っていうのは、ミステリーを語り合うにはとてもいいシチュエーションだと思うな。映画にもなったアガサ・クリスティーの『ナイルに死す』は、ナイル川を行き来する観光船が舞台だし、テレビドラマだと、刑事コロンボの『歌声の消えた海』もクルーズ船の中で起こる事件だったよね」

「まあ、君でもそのくらいは知ってるわけだ。船上ミステリーといえば、他にもデイリー・キングの『海のオベリスト』、クロフツの『シグニット号の死』、国内の小説だったら西村京太郎の『名探偵が多すぎる』、泡坂妻夫（あわさかつまお）の『喜劇悲奇劇』といった名作がある。ぜひ、ヒマを見つけて読んでおきたまえ」

「ほお、さすがミステリーの評論書も書いてるだけあって詳しいな。ところで、今日、僕を呼びつけたのはどういう訳だい。まさか、小野寺さんへの恨み辛みをぶつける相手が欲しかったから、というわけじゃないだろう」

「それもないことはないが、主たる理由は他にある。このミッションなんだが、俺にとって特に頭が痛いのは、二つめの条件なんだ」

「客船ならではのトリックか……たしかに、これは大変そうだ。君は、今まで客船に乗った経験はあるのかい？」

「一度もない……いや、伊豆大島に取材に行ったときに、使ったことがあるか。でもそれくらいだよ。船旅なんて、全く興味がないからなぁ。移動手段としては時間がかかりすぎるし、豪華客船は一部の特権階級のものだと思っていたからね」

「僕から見れば、君だって十分、特権階級だけどな。まあ海の上だと、深夜アニメは見られないかもしれないけど」

「アニメはちゃんと録画予約するから、いいんだよ。オンタイムで見られないというのは少々不満ではあるのだが……それはさておき、君の方はどうなんだ。船旅の経験はあるのかい？」

「自家用車の旅行で、フェリーを利用したことは何度かあるよ。関西から九州に移動する時とか、北海道に行ったときの青森と函館の往復とかさ。でも当然ながら、本格的なクルーズ船はないな」

「乗ってみたいと思うかい？」

「そりゃあ、乗れるものなら乗ってみたいよ。ホテルがそのまま海の上を移動するようなものだろ。食べて、遊んで、寝てる間に目的地に着く……最高じゃない」

「そうか、それなら話は早い。俺と一緒に、君にも斑鳩に乗船してもらうことにする」

「旅費はいくらかかるんだ？」

「一番安い部屋を二人で利用する場合、一人当たり二十万だそうだ」

かなり高額だと予想していたが、それを凌駕する金額。到底、無理。

「お断りします」即座に返答する。

「そう邪険にするなよ。ぜひ、力を貸して欲しいんだ。旅費の半分は俺が持つってことで、どうかな」

「ええっ、君が十万も負担するってこと？　なぜ、そこまでして僕を巻き込みたいのか分からないな」

「期待しているのは、君の工学的な知識と経験だ。船にのみあてはまるというユニークなトリックを作るためには、船のことをよく知らなければならない。君はかつて飛行機メーカーで仕事をしていたし、自動車のこともそれなりに詳しい……」

「船のことは、ろくに知らないよ」

「そうかもしれないが、乗り物という意味では似たようなものだろう。船のメカニズムとかオペレーションについては、俺よりは遥かに理解が早いはずだし、目の前で起こっている事象についても、俺とは違うものが見える可能性がある」

なるほど、それは一理ある。トリックに使えそうなネタを探すには、異なるタイプの視点があった方がいい。

旅費を半分負担してくれるというのは、それだけ自分を頼りにしているということだろうが、それでも十万円の出費は、現状の収入ではかなり痛い。

とはいえ、友人のそこまでの申し出を断わるわけにもいくまい。それに、貴重な経験になることは間違いなさそうだ。

「分かった。どれほど役に立てるか分からないけど、おつきあいするよ」

「そうか、恩に着る」安堵の表情を浮かべた高沢は、一枚の紙を倉崎に手渡した。

「人気作家、高沢のりおが誘うミステリークルーズ」というタイトルが掲げられた、約半年後に予定されているクルーズの日程表だった。


〈一日目〉午後四時、横浜を出航。

〈二日目〉終日クルーズ。

午前中、一時間程度、チーフパーサーの案内で船内の施設を見学。

午後八時より船内のシネマホールにて高沢氏の講演会。

テーマは「ミステリーの変遷と近年の動向」。

〈三日目〉午前八時、高知入港。午前八時半から午後四時半まで上陸可能。午後五時、出航。

〈四日目〉午前九時、名古屋入港。午前九時半から午後四時半まで上陸可能。午後五時、出航。

午前九時までに、高沢氏がクルーズ中に作成した謎解きの問題を各参加者に配布。

午後八時より船内のシネマホールにて、高沢氏とファンとの交流会。

問題の解答を発表、および参加者との座談会。サポートは春花秋桃社の町田と翔仁社の小野寺。

進行は全日トラベルの桜木。

〈五日目〉午前九時、横浜帰港。
※三日目の夜のドレスコードのみインフォーマル。その他はカジュアルな服装で可。

「このスケジュールだと、三日目の夜までに、ネタを見つけなければならないってことだね。それから問題文を作って翌朝には配布しなくてはならない……かなりタイトだなぁ」

「そう。一日目の出発は夕方だし、配布する問題文を作るのが三日目の夜だとすると、調査する時間は正味二日間しかないことになる」

「となると、予備知識が全くない白紙の状態で乗船すると、何がなんだか分からない間に時間切れになってしまう恐れがある。事前にある程度、斑鳩という船について調べておいた方がいいな……」

ふと、とあるクライアントの顔が倉崎の頭に浮かんだ……そういえば、斑鳩がどうのこうのと言っていたような気がする。

「仕事相手で、これに乗ったことがある人がいるから、どんな船なのか訊いておくよ」

「ああ、俺も町田さんと桜木さんに当たることにする。町田さんは乗った経験があるらしいし、桜木さんは旅行代理店勤務だから、いろいろ知っているだろう。あんな酷な条件を提示した以上、少しは協力してもらわないとな」

「そうだね……もう一つ、三日目の夜のドレスコードがインフォーマルとなっているけど、これはジャケットとネクタイ着用ってことだよね？」

「服装のことは、俺にはよく分からん」

尋ねる相手を間違えた。

高沢は身だしなみにはとんと無頓着、ドレスコードなど知らなくて当然だ。三日目のディナーで、この男がどんな奇妙な恰好をするのか見ものだ。

含み笑いした倉崎に「何がおかしいんだ」とばかり一瞥(いちべつ)をくれてから、高沢はタブレットに手を伸ばすと、斑鳩の情報を検索しはじめた。

3

みなとみらい線の日本大通り駅で電車を降り、地上に出た倉崎は、十月とは思えない強い日差しに、思わずまばたきした。

乗船手続きの時刻までには、まだ時間がある。大さん橋に行く前に、山下公園を散策することにした。宅配便で事前に荷物を船室まで届けるサービスを利用したので、今はバックパック一つだけの軽装だ。

数日前には台風の接近が危ぶまれたが、大きく東に逸れ、予報では向こう数日、西日本から東日本に至る広い範囲で好天に恵まれるという。

目の前の横浜港も、完全に凪いでいる。

公園の右手には、かつて客船として活躍し、半世紀以上もここに係留されている氷川丸。そして左手の大さん橋には、これから乗船する斑鳩が接岸している。船体側面が黒い氷川丸と対照的に、こちらは真っ白……降りそそぐ日の光で輝いて見える。

しばらく時間をつぶした後、大さん橋に向かった。

大さん橋の屋上は、客船のオープンデッキのように全面に木の板が張られており、しかも平坦ではなく床全体が大きくうねった造りになっている。横浜港を一望できるこの場所で、倉崎は過去に何度か、行き交う船を眺めたことがある。

開放的な屋上とは裏腹に、クルーズ前の諸手続きが行われるターミナルの建物内部は、窓が少なく薄暗い。お世辞にも、これから始まる華やかなクルーズを予感させる演出とは言い難い。

「ひどい設計だ……」

正直な感想をつぶやいたところで、この旅の同室者の姿が目に入った。傍には四泊五日の旅にはそぐわない、大きなスーツケースが一つ。

「こんにちは、小野寺さん」

「あっ、倉崎さん、こんにちは。今日から五日間、お世話になります」

「こちらこそ、よろしくお願いします。週間予報では、この先、数日は晴れるみたいなので、よかったですね」

「はい、台風が逸れてくれてホッとしました。全日トラベルの桜木さんから聞いたんですけど、これほど大きな船だと、クルーズ自体がキャンセルされることは、まずないらしいんですが、悪天候だとオープンデッキに出られないし、ひどいしけの時は乗客は船室から出ることすらできず、食事が各室に配られることもあるそうですよ」

「それは大変だ。そうなったら、イベントどころじゃないですよね。今回は大丈夫でしょう。ところで、小野寺さんは宅配サービスを利用しなかったんですか？」

倉崎がスーツケースを指差すと、小野寺はうんざりした表情を見せる。

「私のは四日前にちゃんと送りましたよ。これは高沢さんの荷物です。忙しくて荷造りができてないって、昨晩、連絡があったんです。

それで今朝早く自宅に行って、必要な荷物をこれに詰めて、持ってきたってわけです。乗船手続き前に、荷物だけ先に船室に運んでくれるそうなので、早いとこ預けようと思って……」

小野寺は「斑鳩　秋の高知・名古屋クルーズ　荷物預かり」と書かれたボードを指差した。改めてスーツケースを見ると、たしかに自分たちの部屋とは異なるナンバーのタグがつけられている。

「それは災難でしたね。数日間、留守にするから、高沢君はがんばって前倒しで原稿を片付けたってことなのかなぁ」

「いえいえ、単に荷造りするのが面倒だから、私を呼びつけただけだと思います。今回、旅行中にトリックを考えるという課題を提案したのが他ならぬ私なんで、それへのあてつけですよ、きっと……」

「高沢君は、そこまで性格は悪くない……こともないか。ところで、必要なものはちゃんと持ってきてますよね。当日になってバタバタだと、忘れ物がありそうな気がしますけど……」

「一応、昨晩のうちに必要なものをリストアップして、チェックしながら詰めましたから、大丈夫だと思います」

「さすが、抜け目ないですね。ところで、ご本人はどこにいるんだろう？」

「トイレに行ってるだけなんで、すぐに戻ると思いますが……」

ほどなく高沢が帰ってきた。

「やあやあ倉崎君、今回はよろしく頼むよ。二人で協力して、悪魔が仕掛けた試練に立ち向かおうじゃないか」

「そうだね、期待に応えられるよう、がんばろう」

倉崎はいくぶん棘のある物言いを受け流し、小野寺は、持参したスーツケースを預けるよう、事務的な口調で高沢を促した。

しばらくして町田と桜木も到着し、倉崎は小野寺から二人を紹介してもらった。

出航二時間前、乗船手続きが始まった。

このクルーズでは、倉崎と小野寺、町田と桜木のペアで、それぞれグレードが一番低い部屋に泊まり、高沢は二つランクが高いバルコニー付きの部屋を一人で使うことになっている。高沢の船室は八階、他のメンバーの船室は七階になる。

乗船は部屋のグレードの高い順に行われる。真っ先に乗り込むのはスイートの客で、続いてバルコニー付き部屋の客になる。

「では、お先に」と高沢は受付カウンターに進み、ターミナルと船とをつなぐボーディングブリッジの方へと歩み去った。

それから三十分以上たって、ようやく残り四人の順番が回ってきた。事前に送られてきた乗船券を提示し、乗船カードを受け取る。

このカードは各人がルームキーとして使うだけでなく、乗船あるいは下船の際に読み取り機にかざして、その客が船内にいるか否かの確認にも用いられる。

カード表面には、クルーズの名称、船客の氏名、船室ナンバー、IDナンバー、乗船と下船の場所と日付けなどが印字されている。

ターミナルの通路からボーディングブリッジを渡り、貰ったばかりのカードを読み取り機にかざして船内に入った。ここは船の五階の中央らしく、四人は船室がある七階まで階段を上った。

この船は、客室のある七階から十階までは右舷側と左舷側、二本の通路が前後方向に通っている。女性二人の部屋は右舷後方、男二人は左舷中央付近だった。

小野寺と倉崎が部屋に入ると、宅配サービスで届けられたスーツケースが置かれていた。

何はともあれ、まずは荷解き。衣類をクローゼットのハンガーに掛け、その他の持ち物を備え付けの引き出しにしまい、空になったスーツケースをベッドの下に滑り込ませる。

「さすがクルーズ船ですね。クローゼットには服が沢山掛けられるし、引き出しの数も多いです」

「海外へのクルーズだと、一ヶ月以上の航海になることもあるそうですから、スペースが必要なんでしょうね。フリーデザイナーの私には無縁のことだけど……」

「弱小出版社の編集者とて同じですよ。今回の旅費なんですが、高沢さんがちゃんと結果を出してくれないと、経費にしてもらえないんです。ですから、倉崎さんがサポートしてくれるって聞いたときは、正直、ホッとしました」

真剣な口調から、どうやら冗談ではないようだ。翔仁社がそんなに切実な状況だとは知らなかった。

「だとしたら、なんとしてもミステリーのネタを見つけないといけませんね」

そこに「出航に先立って避難訓練を行うので、七階の指定場所に集合してください」と船内放送が流れ、二人は部屋を後にした。

高沢以外の四名が滞在する七階は、他の階と異なり、周囲がぐるりとオープンデッキになっている。一周、約四五〇メートル、外側は高さ一・二メートルほどの手すりがあるだけで、潮風をダイレクトに受ける。

オープンデッキの上部には、テンダー四艘（そう）と大型の救命ボート六艘が、船の左右に対称に備えられている。救命ボートは緊急時にのみ使用されるが、テンダーは、港が小さく船を沖に停泊させざるを得ない場合、乗客を港の桟橋（さんばし）まで運ぶ際にも利用される。

避難訓練はこのオープンデッキで行われ、それが終わると、すみやかに出航セレモニーに移行する。大さん橋に接岸している右舷側では、スパークリングワインやソフトドリンクが注がれたグラスがずらっと並べられ、スタッフが乗客に手渡す。別のスタッフにより、色とりどりの紙テープのロールが配られる。

合流した五人は、乗客で混み合うオープンデッキの中央付近を避け、船尾側に移動した。

乗客が岸壁に向けて次々と投げる紙テープが微風になびき、乗客に出航を告げるドラが打ち鳴らされる。

倉崎は、ふと思いついてメンバーから離れ、最寄りの出入口から船内を抜け、左舷側のオープンデッキに出てみた……案の定、こちら側には人は誰もいない。

手すり越しに下を見ると、船体後方の至近距離にタグボートが一艘……斑鳩との間にロープが張られている。これを引っ張って、船を離岸させるのだろう。

船尾側だけでなく、船首側も引っ張らないとうまく動かせないのでは？　一瞬、疑問に思ったが、すぐにこの船の機構を思い出した。

斑鳩は船首の底部に、バウスラスターを装備している。これは横向きに取り付けられた小さなプロペラで、これを使って船首側はゆっくりと横向きに動かすことができる……したがって、タグボートは船尾側の一艘で済むというわけだ。

他に気になるところは見当たらないので、右舷側に戻ると、すでに数メートル、船は岸壁から離れていた。

腹に響く重低音の汽笛が鳴らされ、大さん橋の屋上に集まった百名あまりの人たちが船に向かって手を振り、乗客もそれに応える。

強い西日を受けながら、斑鳩は予定通り横浜を出航した。

4

ほぼ一日が経過した。

昨夜は、出航してあまり間を置かず、夕食の時を迎えた。

五階にある斑鳩のメインダイニングは、数百名が同時に食事ができる大規模なものだが、それでも二回に分けないと、乗客全員を収容できない。一回目は午後五時半から午後七時半頃まで、二回目はそれから午後九時半頃までとなっている。

高沢のツアー参加者八十名は、二日目と四日目の夜のイベント開始が午後八時に設定されているため、毎晩の夕食は一回目と決められている。

高沢を除くメンバー四人は、いきなりのフレンチのフルコースに舌鼓を打ち、せっかくだからと、メニューに載っているカジュアルな赤ワインもオーダーした。

上機嫌な彼らを尻目に、高沢は料理を機械的に口に運びながら、他の客の様子や食事をサーブするスタッフの動きを観察し続けた。

残念ながら食事を終えて席を立つまで、「船ならでは」というネタになりそうな事柄は見つけられなかった。

食後、船内のラウンジで行われたジャズライブを五人で聴きに行ったが、ここでも特に変わったことはなかった。

クルーズ二日目の今日は、午前中、ツアーに申し込んだ八十名のファンと共に、高沢はチーフパーサー、品川(しながわ)氏の案内で船内を見学した。

船内の乗客用の施設を一通り巡った後、八百五十名の乗客の食事を調理し、配膳する巨大な厨房、テンダーで上陸するときなど限られた時にのみ開かれる四階の扉などを経て、最後は十階の一番前にあるブリッジ（操船室）に案内してもらった。

昼食を十一階のレストランでとった後、町田、小野寺、桜木の三名は、船のスタッフとの打ち合わせのため、講演会の会場となる六階のシネマホールに向かう。

一方、高沢と倉崎は別行動で船内を散策し、午後四時に高沢の船室で落ち合うことになった。

「とりあえず、これまでに気づいたことを、教えてくれないか」

「ああ、いいよ」

部屋にやってきた倉崎は、出航時に気づいたことを順に話した。

――乗船手続きは出航の二時間前くらいに始まり、船室の格付け（値段）が高い、上の階の客から順に行われる。スタッフに訊いたところ、下船も上の階から行われる。

船に乗り込む際、乗船カードを読み取り機にかざすことで、その客が乗船中であると認識される。寄港地で下船する際にも、同様の手続きを行う。

事前に宅配便で発送した客のスーツケースは、乗船前に各人の部屋に届けられる。当日、港にスーツケースを持参した場合も、乗船手続き前に運んでもらえる。

船内に持ち込まれる荷物は、X線検査を行っているようだ。スーツケースには各乗客が部屋のナンバーのついたタグをつけるので、誤って別の部屋に配送されることは滅多にない。

出航に先立って、避難訓練が行われる。原則として、乗客は必ず参加しなければならない。集合場所は七階のオープンデッキで、まず全員の点呼が行われ、避難手順や救命胴衣の着用について説明がある。緊急時はここからボートに乗り移る。この訓練中、各船室はもぬけの殻となる。

出航時には、セレモニーのため、乗客の多くが船が接岸している埠頭側のオープンデッキに集う。海側のデッキにはほとんど人はいないが、海上のすぐ傍には、斑鳩の離岸を手助けするタグボートが配置されている。

多くの客がオープンデッキに集う出航時も、やはり船室にはほとんど人がいないことになる――。

「とまあ、こんなところかな」

「なるほど。留意すべきは、各船室に乗客がいない時間帯が存在することか。出航時だけでなく、ディナーも二回に分けるとはいえ、その間は乗客の約半数はダイニングにいるわけだし、その後で行ったジャズライブも、二百五十ほどある席がほぼ埋まっていた」

「船室や七階から十階の通路に、乗客がほとんどいない時間帯が結構あるってことになるね」

「実際、自分の部屋を出入りするとき、他の客はたまにしか見かけないよな。これはミステリーの要素としては重要だよ。それとタグボートのことは、俺は気づかなかった」

「あれ、意外だな。昨日、出航セレモニーの後、皆で船の屋上に上がったことは憶えてるよね」

「ああ、もちろん。ベイブリッジがこんなに間近に見られるなんて、と小野寺さんがはしゃいでたな」

「あの時もタグボートは、この船と並走してたんだ。ベイブリッジをくぐって少し進んだところで、横浜港に引き返していったよ」

「それは見落としてた。つまり、タグボートには船を接岸させたり離岸させたりするだけじゃなくて、エスコートの役目もあるということなんだな。となると、高知に入港する時も、高知港に所属するタグボートが港の外で待ち構えていて、合流することになるんだろうか？」

「たぶんね。明日の朝、早起きすれば見られるんじゃないかな」

「俺はたぶん起きられないから、倉崎君、確認よろしく」

「ああ、気をつけるようにするよ。ところで、トリックに使えるとは思えないけど、僕らの部屋がある七階は、船室のレイアウトが他の階と違うんだね」

「まあ、君らのところはバルコニーが付いていないし、客室の窓も開かないと町田さんが言っていたが……」

「それは最初から分かってたことなんだけど、僕が気づいたのはそうじゃなくて、船室のドアのレイアウトなんだ」

「というと？」

「八階から十階の船室は、ドアは通路に平行についている、ごくあたりまえの構造なんだけど、七階だけ三十度ばかり通路と角度がついているんだ。隣の船室とドアが接するように配置されているから、上から見たら浅いV字になっていて、隣の船室とドアとドアが多少向かい合うような感じなんだよ」

「何か理由があるのかな」

「いや、船内図を見る限り、部屋の間隔は七階も八階も同じだから、単に意匠上の違いだと思う。なんの価値もない情報だけど、一応伝えておくよ」

どんな些細なことでも歓迎だ、と友人を労った高沢は、今度は自分が気づいたり尋ねたりしたことを披露した。

——乗船の手続きとか避難訓練の説明とか、重要な事柄は日本人スタッフが担当しているが、五階のダイニングや十一階レストランなどでの接客、あるいは客室の清掃とかベッドメイクを担当するのは、ほとんど東南アジア系の外国人スタッフである。

ただ六階と十一階にあるカフェには東欧系の女性もいる。皆、日常会話程度には日本語ができる。

アルコール類や一部の食事を除き、船内のレストランやカフェでの飲食はフリー、つまり別料金がかからない。しかもカフェは朝から夜まで開いているから、たとえダイニングに行けなくても、空腹を満たすのに困ることはない。

船内には前方、中央、後方の三箇所に乗客用のエレベーターと階段が設置されており、前方は四〜十一階、中央は五〜十一階、後方は六〜十一階で利用できる。

エレベーターの数は、前方と中央はそれぞれ三基、後方は二基である。

また船尾にある屋外階段を利用して、七〜十一階を行き来することもできる。

十一階は、船首側はカフェ、船尾側はレストランになっている。中央部にはプールがあるが、その部分は屋根がなく直接日が当たる。

プールの脇から階段を上がると屋上……乗客が行ける一番高い場所となる。

七階から十階まで、客室はすべて左右二本の通路の外側にのみ配置される。内側はスタッフのためのエリアで、そこへは各階に数箇所設けられているスタッフ専用のドアからアクセスするが、スタッフ専用カードをかざしてロックを解除しなければならない。

見学の際にチーフパーサーに尋ねたところ、スタッフエリアを行き交うための業務用の階段とエレベーターが、船内二箇所に設置されている。したがって、スタッフ専用カードを持つ者は、乗客に見られることなく、船内を移動することが可能である。

船内に設置されている監視カメラの数は少ない。もともと限られた客とスタッフだけが乗っているためだろう。

カメラがあるのは、六階のカジノスペースと七階のオープンデッキに限られる。オープンデッキのカメラは左右の船首付近と船尾付近の計四箇所。海への転落を監視するためかもしれない。スタッフエリアに監視カメラがあるかどうかは不明だが、おそらく設置されていないだろう
――。

「安易に考えれば、犯行を実行した犯人がスタッフのカードを奪うか、盗むか、あるいはカードを偽造してスタッフエリアに入り込み、現場から逃走するなんてシナリオもあるんだろうけど……」

やっぱり無理があるよなぁ、と倉崎は付け加えた。

「その理由は？」

「パンフレットに記載があったけど、この船の乗組員は四百八十名もいるんだそうだ。ということは、犯人がまんまとスタッフエリアに入り込めたとしても、誰にも見られずに安全な場所まで移動するのは難しいよ」

「しかし、それだけ人数が多いということは、逆に、皆が顔見知りというわけにはいかないだろ

う。制服を盗むなり奪うなりして、スタッフに成りすますという手もあるぞ」

いやいや、と倉崎は手を横に振る。

「さっき、客室係の女性に訊いたんだけど、スタッフの多くは一旦船に乗り込んだら、最低でも数ヶ月間は船上での生活になるんだってさ。それから少しの間、休暇で船を離れ、またこの船に戻ってくる。

乗客のツアーは一泊二日から一ヶ月以上までさまざまだけど、乗組員はかなり長い期間変わらず、皆、顔見知りなんだそうだ。異端者が入り込めばすぐに分かるだろう」

「それじゃ無理だなぁ……。えっと、それで彼らは船のどこで寝泊まりするのかな。知ってるかい？」

「ああ、これも別のスタッフに訊いたんだけど、ほとんどの乗組員の居住区域、つまり寝泊まりする場所は三階と四階で、管理者など一部の者は五階、そしてキャプテンを始めとする上級船員は九階だそうだ」

「船の下の方はどうなってるんだろう」

「それは訊きそびれたけど、水面下の一階と二階には、航海に必要な資材や機材が保管されているんじゃないかな。そしてボトム、つまり船底には、船を動かすためのエンジンやモーターが固定され、燃料とか水の馬鹿でかいタンクなんかが収められているんだと思うよ」

「そうか……下の階のことは触れない方が無難だな」

「そうだね。それに客船が舞台なんだから、エンジンとかオイルとか機械っぽくない方がいいような気がする」

「うむ、水面より上に限ることにしよう。そういえば、六階のブティックとかがあるあたりに、この船を何度も利用した客のプレートがあったな。トータル千日以上をこの船で過ごした人が何人もいるんで驚いたよ。

仮に犯人がそういう客という設定であれば、スタッフの一人と無二の親友や恋人になることだって有りうるし、共犯者になっても不思議じゃないんじゃないかな」

「たしかに犯人が乗客で、共犯の乗員がいるなら、船内を熟知しているし他のスタッフの行動も把握している。それにマスターキーも持っているから、犯行は容易だと思うけれど、『船ならでは』という見地からはどうかな。地上のホテルと、何ら変わらないんじゃないのかい?」

倉崎の意見はもっともだ。例えば「共犯者から提供されたマスターキーを使い、犯人が目的の部屋に侵入して犯行を実行する」などというプロットは、何も船に限ったことではない。

これでは春花秋桃社の町田は言うまでもなく、小野寺も首を縦には振るまい。

かといって、犯人も被害者も乗客に限るというのも、せっかく船というユニークな場が与えられているのに、もったいない気がする。

「乗客と乗組員とを、分けて考えるのがいいかもな……」

「というと?」

「つまり犯罪の現場が客室など乗客が普通に立ち入る場所の場合、犯人は乗客とし、乗組員しか入れない場所の場合、犯人は乗組員に限るということさ」

「なるほど、そういう方針で進めた方がいいだろうね」

ところで、と高沢はある可能性について倉崎に尋ねた。

「洋上航海中の船で犯罪がおこった場合、『犯人は船内にいる』というのが一般的だが、それを覆すことはできないかな」

「そうだなぁ。ハリウッド映画だったら、高速の小型モーターボートで接近して、オープンデッキの手すりにロープをかけて船をよじ登って侵入、あるいは空からヘリコプターで接近したり、パラシュートで降下するなんていうのもありそうだけど……現実には難しいだろうね」

「どうしてさ?」

「部屋のテレビには船の位置とか速さを表示するチャンネルがあるけど、東京湾を出てからずっと一七ノットから一九ノット、つまりだいたい時速三〇キロから三五キロくらいで走っているんだ。これって、それなりのスピードだよ。

海上はもともと波があるし、風も強いことが多い。この船が走ることで発生する波だってバカにならない。それに海面からオープンデッキまでは一〇メートル以上の高さがあるだろ。海からの侵入は簡単じゃないな」

「そうか……じゃあ、空からはどうだ?」

「それはもっと難しいだろう。僕のクライアントで、この船に乗ったことがある人がいるんだけど、航行中に急患が出て、ドクターヘリで搬送したらしいんだ。その際、短い時間ではあったけど船はほぼ停止して、飛来したヘリコプターの音も船内ではっきり聞こえたそうだ」

「へえ、それじゃ人知れずこっそり、というわけには行かないか。たしかにヘリコプターが上空を飛ぶときはかなりの騒音がするし、ブリッジの乗組員は気づくだろうなぁ」

「以前から思ってることなんだけど、映画とかドラマって、演じている俳優の声が聞こえるようになのか、ヘリコプターが発する音をかなりごまかしてるよね。僕はヘリには実際に何度か乗ったことがあるけど、あれは恐ろしくうるさい乗り物だよ」

「なるほどな……ちなみにこの船だと、どこにヘリコプターは降りるのかな」

「そんな場所はないから、上空でホバーして、患者を乗せた担架をワイヤーで吊り上げるんじゃないかと思う」

「パラシュートで降下するのは？」

「走ってる船の屋上に降りるなんて、犯人が凄腕の空挺隊員で、かつ、よほどの幸運に恵まれない限り不可能だよ。やり直しが利かないから、少しでも風に流されたらアウトだし、膨らんだパラシュートって相当面積が広いから、アンテナとか変なところに引っかかる可能性も高いしね。

それに外部から船に乗り込んだ以上、どうやって退散するかも考えなくちゃならない」

「アクション映画みたいに、犯人が海に飛び込んだところに小型艇が現れて、引き上げるみたいなことか。……国家的な陰謀とか特殊工作員とか、大袈裟な設定だったらともかく、俺の小説にはそぐわないな」

高沢は、外部からの侵入という考えを、とりあえず捨てることにした。

5

二日目のディナーはイタリアン。

例によってメンバー五人でテーブルを囲み、高沢は周囲の観察に余念がない。

「ネタ探しは進んでますか？」

ダイレクトに高沢に尋ねるのは気が引けるのか、小野寺は小声で隣に座る倉崎に話しかけてきた。

「なかなか難しいです。先程、二人で話し合ったんですが、これまでに起こった出来事を列挙して、方針めいたものがなんとなく決まったという段階です。トリックに使えそうなものは、まだ見つかってません」

「いかに高沢さんといえども、そう簡単ではないってことですか……。

話は変わりますが、このダイニングの料理の出し方は圧巻ですね。昨日もそうでしたが、何百人分もの食事を一斉に出すんですから。しかもファミレスみたいに、九割がたあらかじめ作ってある単純な料理じゃなくて、それぞれがちゃんとした一品ですしね」

「全くです。午前中の見学で入口から見ただけですけど、広くてすごい設備の厨房でしたよね。料理に携わる人も多いんだろうけど、火の通し方とか温度とか、どうやったら料理のクオリティを高いレベルで揃えられるのか、私には見当もつきませんよ」

そう言うと、倉崎は、手の込んだ前菜を口に運んだ。

高沢は夕食後に講演会を控えており、倉崎以外の三名もそれぞれ業務があるので、このディナーではアルコールは控えることにした。

イベントの予行というわけではありませんが、と町田が高沢に質問した。

「クルーズ船といえば、豪華な食事。そしてミステリーの定番の一つが毒殺ですけど、このダイニングでそれは可能ですか？」

「う～ん、特定の人物を狙うのは正直言って難しいと思います。まずテーブルや席は部屋ごとに決まっている訳ではなく、ダイニングに入った順に、客が各々好きな場所を選んだり、スタッフが適当なテーブルに案内するようになっています。

したがって、犯人があらかじめテーブルにセットされている食器やグラスに毒を仕込むのは至難の業です」

「そして、客が席に着いたあとで料理に毒を盛るのも、あの忙しさを見れば、料理を運ぶスタッフに細工をする時間があるとは思えませんし、どのテーブルにどの皿が供されるか分からない訳ですから、料理を作る人たちにも犯行はまず不可能ということですね」

「まあ、そうです。もし仮に給仕をするスタッフが料理をテーブルに置く時に、早業で毒を仕込むことができたとしても、その客が直後に苦しみ出せば当然ながら真っ先に疑われるだろうし、毒物を隠し持っていた容器なり袋なりが即座に衣服から見つかって、おしまい、ということになるんじゃないかな」

「それじゃ、ミステリーになりませんねぇ」

このやりとりから察するに、どうやら町田もトリックのネタを見つけるべく、いろいろ考えてくれているようだ。

「でも、食事や飲み物に毒物が混入されるというのは、これまで多くのミステリーで使われてきた手法なんですよね。それに町田さんは以前、最近のミステリーは技巧的には優れているけど、華がないものが多いとおっしゃってました。そういう意味では、このような場で事件が起こるというのは、古典ミステリーへのリスペクトにもなりますから、何か一つくらい見つかるといいですね」

桜木はにこやかに、さりげなく高沢にプレッシャーをかける。

「そうはいってもなぁ、毒殺の方法は出つくしてしまってる感があるし……最近は、被害者だけがある成分に対して極度のアレルギーがあるとか、加害者だけがある種の毒物に免疫があるとか、飲み物を構成する液体の比重を利用したものとか、いろいろと難しくなってるんですよ、まったく」

頭を抱える高沢とは裏腹に、周りのテーブルでは、皆、楽しそうに会話を交わしながら食事をしている。飲み物はビールやグラスワインが多いようだが、中にはワインボトルが置かれているテーブルもある。

少し離れた場所に座る老夫婦は、遅れてダイニングに入ったとみえ、前菜を食べ始めたところだ。テーブルには白ワインが注がれたグラスが二つ、そして三分の一ほど中身が残ったブテイユ（普通）サイズのボトルが置かれている。

倉崎は、こういう料理にはワインが欠かせないなぁと感じていたが、講演会を控えている他のメンバーの手前、自粛することにした。

ちなみにメンバー五名の前には、二品めのパスタに続いて魚料理が並べられたところだ。

「倉崎君、ちょっといいかな」

メインの肉料理を堪能し、最後にドルチェ（デザート）とエスプレッソで締めくくったところで、高沢が声をかけてきた。

「何か見つかったのかい？」

「ああ……この船の船室はツインルームだから、乗客の多くは二人ないしそれ以上のグループがほとんどだろうと思っていたんだが、これまで観察してきた結果、明らかに一人旅の客もそれなりにいるんだ。だがダイニングをざっと見廻した限り、独りで食事をしている客は二、三人しかいない」

「その理由はなんなのか、ということだね」

「ああ、俺たちは食後すぐにイベントの用意をしなくてはならないから、代わりに君に調べてもらいたいんだ。それからもう一つ、飲み物のサービスでとても気になることがあるから、それもぜひ訊いておいて欲しい」

講演会の準備に向かう四人を見送った倉崎は、ダイニングでスタッフを取り仕切っているとおぼしき日本人のマネージャーを見つけると、ここで行われているサービスについて質問した。

説明を受けた倉崎は、高沢の観察眼に感服した。

「なるほど、これはこの船だけのユニークなものだ。トリックに使える！」

6

枕元に置いた携帯のアラームで、小野寺は目覚めた。

「おはようございます……今、何時ですか?」

数秒後、隣のベッドに寝ている倉崎が、眠そうな声を上げる。

鳴ってすぐにアラームをオフにしたのだが、どうやらそれで目を覚ましたらしい。

「まだ六時です。すみません。朝食前に少し歩こうかと思って……」

「私もそろそろ起きようと思っていたので、問題ないです。歩くって、オープンデッキを周回するんですね?」

「はい、海の上は空気もいいですし、少しはメタボ対策をしなくちゃいけませんしね……」

「それ、おつきあいしますよ。昨日は終日クルーズだったんで運動不足だし、高沢君から頼まれていることもありますから」

そう言ったところで、倉崎の携帯のアラームが鳴り出した。起きる予定だったというのは本当のようだ。

ラフな服装で、七階の周囲をぐるっと取り巻くオープンデッキに出ると、すでに数十人が歩いていた。運動不足解消のため、朝のウォーキングを日課にしている乗客も多いと聞いていたが、本当のようだ。

ほとんどは高齢者で、皆、思い思いのペースで反時計回りに歩いているが、壮年の数名だけは果敢にジョギングに挑んでいた。

オープンデッキを三周回っただけでは疲れはしないが、今ひとつ景色の変化に乏しい。倉崎が一番上に行きたいというので、それにつきあうことにする。

船尾にある屋外階段で七階から十一階に上がり、レストランを通り抜け、さらにプール脇の階段を上る。こちらの方が負荷のかかる運動だ。

屋上の一番前から前方を見ると、目指す高知港が遠くに小さく見える。

「かなりスピードを落としてますね……一〇ノットもないくらいかな。到着が八時の予定だから、これから一時間半以上もかけて入港するってことですか。クルーズ船って、ずいぶんのんびりしてますすね」

率直な感想を口にすると、倉崎も「そうですね」と頷く。

「旅客機だったら羽田から福岡、新幹線なら東京から名古屋に到達する時間を入港に費やすわけですから、我々の日常のリズムでは考えられないスローペースですよ」

なるほど。飛行機、鉄道、船……乗り物によって時間の感覚はかくも違うものかと感慨に耽っていると、港の方から小さな船がやってきた。

「おっ、タグボートのお出ましですね、これを待ってたんです！」

「さっき、高沢さんから頼まれたと言っていたのは、このことですか？」

「はい。入港前のタグボートの動きを見ておいてくれって」

「興味があるんだったら、人任せにせず自分で観察すればいいのに、相変わらず人使いが荒いですね」

「彼は朝が苦手だからしょうがないです。それにこういう時のために、僕は彼に金で雇われたんですから」

雇われた、とはどういうことかと尋ねると、高沢が今回、倉崎の旅費を半分負担してくれたとの答えが返ってきた。

タグボートは斑鳩とすれ違ったところで方向転換し、左舷から少し離れて並走しはじめた……やはり、この船が先導して入港するようだ。

改めて見ると、タグボートというのはかなり変わった形をしている。

まず甲板が異様に低い。少々の波でも、甲板は海水に洗われることになる。そして船体のサイズの割には背が高く、ブリッジもかなり高い位置にある。そのさらに上に、火災時の放水ノズル、さらにその上に各種アンテナ類がついている。

タグボートの特徴は、なんといってもそのパワーだそうだ。大型船が岸壁に接岸する際、その横っ腹に船首を押し付けて押したり、ロープで引っ張ったりする。そのため甲板の縁は全周にわたって分厚いゴムで覆われている。

ずっと横に並んだままなのかと思いきや、タグボートはふいに、斑鳩の左舷側にグッと接近してきた。

「何をするんだろう？」

倉崎はズボンのポケットから携帯を取り出し、カメラモードを起動する。

その後、ごく短時間に眼下で行われたタグボートとその乗組員の一連の動きは興味深いものだった。

「さっきのは一体？」

「よく分かりません。後でスタッフに訊くことにします。実は昨日、高沢君と話し合って、犯行に至る手段を一つあきらめたんですが、それは早計だったかもしれません」

「ああ、なるほど！」

小野寺は、思わず手を打った。

今しがた目撃した光景は、たしかにネタとして使えるかもしれない。

再び距離をおいて斑鳩と並走していたタグボートが、すうっと前に出た。大型客船は調教された象のように大人しく付き従う。

いつの間にか、高知港がはっきり見えるところまで来ていた。

屋上から降りた二人が十一階のレストランに向かうと、桜木と町田がバイキングの列に並んでいた。

「おはようございます」

二人に挨拶した小野寺と倉崎は列の一番後ろに並び、トレイを手にする。

朝食のバイキングは、とにかく品数が多い。一つ一つはほんの少しずつでも、全種類とると大層な量になる。

「食べるものをちゃんと取捨選択しないと、せっかく歩いたのに、また太っちゃいますよ」

「僕は貧乏性だから、どうしても沢山とってしまいますねぇ」

などと会話を交わしながら料理を自分の皿にとり、女性二人が座っている四人掛けのテーブルに合流した。

「先生はご一緒じゃないんですか？」

桜木は、高沢がいないのを不思議に思ったようだ。

「あの人は朝が苦手なので、まだ寝てます」と、小野寺は答えた。

「つまり、普段から夜に小説を執筆なさるんですね」

「ええ、まあ……そうです。以前、午前中に自宅に電話したら、すごく機嫌が悪かったので、それ以来、正午を過ぎるまで、こちらからご連絡するのは控えるようにしています」

「夜型の作家の方って、結構いますよね。創作活動は神経を使いますから、旅先でもご自身のスタイルを大事になさっているんですね」

町田も納得したように言い添える。

二人の女性は、高沢が朝が苦手なのは「まともな理由」だと勘違いしている。小野寺はよほど実態を暴露してやろうかと思ったが、担当編集者という立場上、自重した……が、古くからの友人にとって、高沢は遠慮の対象ではないようだ。

「彼が朝が苦手なのは、夜間が創作活動に向いているなんて殊勝な理由じゃなくて、単に毎晩、深夜アニメを視聴するのが習慣になっているという、実にバカバカしい理由からですよ」

「深夜アニメというと……いわゆる萌えキャラの女の子が出てくるアレですか？　高沢先生がご覧になるアニメは、ジブリのようなメジャーなものだと思ってました」

「私もてっきり、小説執筆の合間に映画館に足を運んだり、市販されているＤＶＤソフトを視聴されているんだとばかり……」

桜木だけでなく町田も、倉崎の言葉に驚いたようだ。

「いえいえ、高沢君が好んで見るのは、地上波の深夜枠やＣＳの専門チャンネルで放送されている類のアニメです。その手のマニアにとっては、最初にオンエアされる本放送を視聴することが結構重要みたいで、彼の日常生活はアニメのプログラムを中心に構築されているといっても過言じゃないです」

高沢が決して高尚な人間ではなく、マニアックなオタクであることを強調する倉崎に、小野寺は内心、拍手を送った。

「なるほど……以前、小野寺さんが高沢先生の頭の中はどうなっているのかわからないとおっしゃっていた意味が、今、ようやく分かりました。ところで、今日の先生の予定はどうなっているんでしょう？」

「さすがに十時には起きるでしょうから、もし高沢さんが気分転換したいというなら、男三人で市内を散策しようと思っています」

「そうですか……それで、えっと、肝心なトリックのネタ探しはどうなってますか？　何か見つかりましたか？」

「ええっと、それはまだなんとも……」

口ごもる小野寺をさえぎり、倉崎は「なんとかなると思います」と答えた。

「昨夜のディナーの時に一つ、そしてつい先程もう一つ、ネタになりそうな事柄が見つかりました。もちろん、これをどうやってミステリーに仕立てるかは高沢君次第ですが、彼なら必ず形にしますよ」

この男は、ついさっきは高沢を貶めるような発言をしていたのに、今度は妙に持ち上げている。小野寺には二人の関係がどんなものなのか、未だによく理解できない。

「それを聞いて安心しました。私たちも心置きなく観光に行けます」

船が接岸したら、女性二人は四万十川を巡るオプショナルツアーに参加するという。

「それはうらやましい。今日は天気もいいですから、楽しんできてください」

高沢の面倒を見なければならない自分たちと違い、いい気なものだとも思うが、かといって、皆がつきそったところで、高沢にいいアイデアが浮かぶとも思えない。

食事を終えて女性二人と別れた後、小野寺は「昨夜、見つかったネタ」が何なのか尋ねた。

「この船ならではのユニークなサービスが、ダイニングで行われているんですよ」と、倉崎は楽しそうに説明した。

午前七時四十八分、斑鳩は高知港の埠頭に接岸した。

7

「おはよう、少しばかり待たせてしまったかな？」

六階のカフェで小野寺とコーヒーを飲んでいると、ようやく高沢が現れた。

時刻は十時三十五分。

埠頭で行われた斑鳩の寄航を歓迎するイベントもとうに終わり、多くの客は高知市内へ繰り出したり、周辺を巡るツアーに出発したりして、船内のカフェやその他の施設も閑散としている。

「ぜんぜん、おはやくないよ。相変わらず寝起きが悪いなぁ」

倉崎が呆れながら言葉を返すと、小野寺もあからさまに不満を表明する。

「私たちが起床して、すでに四時間半ですからね。早起きは三文の徳といいますが、どなたかの寝坊のせいで水泡に帰してしまいましたよ」

「二人揃って非難しなくてもいいじゃないか。日頃の習慣は、そう簡単に変えられないんだって。これでもいつもより早いくらいなのだよ」

そう言うと、高沢は注文をとりにきた東欧系の女性スタッフにコーヒーを頼んだ。

「まさか、昨晩もアニメを見てたのかい？」

「そんなわけないだろ。この船はNHKのBSチャンネルしか映らないから、見たいアニメはやってない。昨夜は遅くまで仕事をしてたんだ」

「仕事……例のダイニングのサービスをもとに、参加者向けのトリックの問題文を作ってたってこと？」

「まあね。講演会の後、君が調べてくれた情報を聞いた途端にストーリーができたから、さっそく問題を作ったよ……すごくシンプルなものだけどね」

「それが夜中までかかって寝るのが遅くなったというのなら、仕方ありませんね」

高沢の寝起きの悪さに理解を示した小野寺を、高沢は半分否定した。

「いやいや、それは一時間足らずで終わったんだけど、実は、丸山出版の『美少女探偵シリーズ』の新しい小説も、クルーズ船を舞台にしようと思って、プロットを考えてたんだ」

スタッフがテーブルに置いたカップを手に取ると、高沢は一口啜る。

「この船って、エレベーターと階段が前中後の三箇所、通路が左右に二本という構成がなかなかいいし、船室のある階を上下に挟むように、六階と十一階にいろいろな施設があるから、これを利用して何か面白い話ができればと思って試行錯誤していたら、いつも通り、寝るのが遅くなってしまったというわけなのだよ」

「ほう、それはたいしたもんだ」

倉崎は、友人の旺盛な創作力に舌を巻いたが、高沢は手を横に振って謙遜する。

「最近、『美少女探偵』に捨ておけないライバルが出現したからね。ここらでビシッと差をつけておく必要があると思った次第なのだよ」

「捨ておけないって、何なの？」

口にしたくなさそうな高沢に代わり、小野寺が答えた。

「天現寺憂(てんげんじゆう)という新進作家が『美少年探偵シリーズ』というのを始めたんですよ」

「うわっ、露骨なパクリじゃない。そんなの許されるの？」

「いえ、美少女と美少年は違いますから、パクリではないです。それに探偵役が少女から少年になっただけでなく、細かな設定や扱う事件の傾向も異なりますから、読んでみると趣もずいぶんと違いますよ」

「おや、社会派好きの小野寺さんが、あんなのを読んでいるとは意外だね」

「そりゃあ私は一応、高沢さんの担当ですから、何冊かは読んでますよ。正直言って『美少女探偵』の方が、トリックや謎を解いていくプロセスは緻密です」

「うむ！」高沢は大きく頷く。

「ですが……」

口ごもる小野寺に、倉崎は先を促す。

「ですが、何ですか？　この際、忌憚なき編集者の意見を聞かせてくださいよ」

「はぁ、では正直に言います。高沢さんの描く『美少女探偵』ユナは、深夜アニメのキャラと同じで中年男の妄想の産物です。難解な哲学書の一節をすらすらとそらんじたり、アラビア語やヒンディ語の文章を難なく読み解いたり。そんな高校生、現実には絶対いないでしょ？」

「ははは、たしかに、まずいないでしょうね。でも絶対とは言えないですよ。そういう異能者を私は一人、知ってますからね」

倉崎から目を向けられた小説家は「こほっ」と咳払いしたが、小野寺は無視して続ける。

「えっと、それに比べて天現寺の『美少年探偵』は、ＩＴ機器の扱いやインターネットを使った情報収集には長けているけど、大人だったら当然、知っているような一般常識がスポッと抜けているといったように、今どきのリアルな若者像がいきいきと表現されていて、そういう点は秀でているも思うんです」

「なるほど。その天現寺っていう人は新進なんだから当然、若い人なんでしょ？」

「それが、年齢も性別も公になっていないんです。いわゆる覆面作家というやつですね」

「ふうん、でも若者の言動に精通してるってことは、作者もそれなりに若いと考えるのが妥当だし、美少年を主人公にするってことは、女性の可能性が高いような気がしますね」

好き勝手に意見を交わす二人に割り込んだ高沢は、持論を突きつける。

「ごちゃごちゃうるさいな、君たちは！　天現寺は間違いなく中年の男だよ。

作者が若い女性だったら、もっとＢＬっぽさを前面に出すだろう。若者の生態は、自分の子供にでも訊けば済むことだ。

たしかに文体は女性っぽいが、それだって女性作家の小説を真似ればそれらしくなる。覆面なのは、キモい中年男だとばれるのがイヤだからに決まってる」

ＢＬとはボーイズラブ、つまり男性同士の同性愛をテーマにした小説のことだ。

「へえ、高沢さん、なんだかんだで『美少年探偵』、読んでるんですね」

「まあね。私に対する露骨な挑戦なわけだし、無視するわけにもいかないよ。ともかく、私は腹が減ってるんだ」

朝食を食べていない高沢は、ここで簡単な食事をとってブランチにするという。倉崎と小野寺はコーヒーをお代わりするついでに、カウンターに並べてあるケーキやフルーツを小皿に取り、早めの昼食代わりにした。

「何をいくら食べても無料っていいですね！」

小野寺はメタボ対策をすっかり忘れたかのようだが、それには素直に賛成だ。

船内の飲食代は、もともとの料金に含まれていると言ってしまえばそれまでだが、注文して受け取るだけ、あるいは並んでいる食べ物を自由に取っていいというのはまるで貴族、他ではなかなか得られない快感だ。

この場で倉崎は、今朝早く目撃したタグボートの動きと、それがどういうことなのかスタッフに尋ねた結果を高沢に伝えた。

「使えるな、これは！　倉崎君、ご苦労さん。やっぱり持つべきものは、早起きができて乗り物に詳しい友人だよ」

満足げに何度か頷いた高沢は、最後に残ったコーヒーを飲み干し、三人は上陸すべく腰を上げた。

高知港は横浜のようなターミナルはなく、ただの埠頭であり、ボーディングブリッジもない。よって乗客は、船首側の階段もしくはエレベーターで四階まで降り、そこに開いた出入口から岸壁に渡されたタラップを通って上陸する。

その際、扉の手前に設けられたゲートでルームキーを兼ねた乗船カードを読み取り機にかざすことが求められる。それにより、船の管理システムに「その乗客は船内にいない」と認識される。

読み取り機の傍に設置されたモニターを、スタッフの一人がチェックしている。前を行く高沢がカードをかざすと、液晶モニターに登録された情報が表示された……が、それはすぐに次の小野寺の情報に変わった。倉崎も続いてカードをかざし、船外に出る。

出入口は埠頭より気持ち高いだけで、タラップの高低差はあまりない。

「ふむふむ、見学の時は閉じてたからピンとこなかったけど、狭い港の場合、沖に投錨してテンダーを使って上陸することもあるわけだから、これだけ低い位置にも出入口があるんだな……」

高沢は、すでに二つめの問題を考え始めているようだ。

三人は、斑鳩が接岸している埠頭から出る無料のシャトルバスに乗って、市内中心部に向かった。

せっかく高知に来たのだから、坂本龍馬ゆかりの桂浜を訪ねたいと倉崎は思っていたが、残念ながら方向がまるで違っていたので、あきらめざるを得なかった。

バスを降りた三人は、まず降車地に近い高知城を見学し、次いで隣接する歴史博物館を訪ねた。

高沢はバスの中では無言だったが、城に入ると戦国時代に台頭した長宗我部氏や、その後この地に入った山内氏、さらには幕末の土佐藩の置かれた立場などについて、熱っぽく語った。

小野寺は出版社の編集者だけあって歴史に強いようで、時折、高沢の説明を補足したり、あるいはその主張に異を唱えたりした。日本の歴史というと大河ドラマや時代劇くらいしか情報源がない倉崎には、とてもついていけない。

博物館を出た三人は、街並みを散策しながらＪＲ高知駅まで歩き、喉を潤すためにカフェに入った。

「城にいるときからずっと饒舌だったってことは、二つめの問題に目途がついたってことだよね？」

「まあ、そういうことになるな。バスに乗っている間に、だいたいストーリーはできたからね。これでトリックは二つになったから、最低限のノルマは果たしたわけだし……口が滑らかになるのも道理というものだよ、うむうむ」

高沢は倉崎の問いに快活に答えたが、小野寺は不安な表情を浮かべる。

「春花秋桃社と弊社にとっては、トリックを二つ考えていただいたので、一応満足できるんですが、明晩の座談会のことを考えると、ちょっと物足りない気がしないでもありません。座談会は一時間半の時間をとってますが、トリック二つだけで間が持つでしょうか……」

高沢は一瞬、不機嫌な表情を見せたものの、小野寺の言はもっともだと思ったのか、短くため息をついた。

ふと、倉崎は下船する際の手続きを思い出した。

「ちょっと、気になったことがあるんだけど……」

倉崎が説明すると、高沢はにわかに笑顔を取り戻す。

「これが使えれば、シンプルかつ確実な方法が一つできるな。後で試してみることにしよう」

三人は高知駅前から路面電車「とさでん」に乗って高知城前まで戻り、シャトルバスで港に帰った。


岸壁の船が接岸している付近には、地元の特産品、銘菓、酒などを売る臨時の屋台が並んでおり、そこには土産を買い求めている町田と桜木の姿があった。

オプショナルツアーのバスが十分ほど前に戻ってきたという。

「私も上司に買っておかないと……」と、小野寺が土産を物色しはじめ、高沢と倉崎もそれに倣う。

一通り買い物が終わったところで「そろそろ船に戻りましょうか」と、町田に呼びかけられた。

タラップに向かいかけたとき、高沢が「ちょっと待った」と、あることをもちかけた。

なるほど、と倉崎と小野寺は頷く。

高沢の言う通りにした後、桜木、倉崎、小野寺、町田、高沢の順にゲートを通過する……。

小野寺が乗船カードをかざしてゲートを通り過ぎようとしたとき、「お待ちください」と東南アジア人のスタッフが声をかけた。

「あなたは女性ではありませんね？」

「えっ」と驚いた小野寺だったが、すぐに町田がそこに割って入った。

「すみません、さっき小野寺さんの乗船カードを見せてもらったとき、間違えて私のを渡してしまいました」

そういうと、町田は小野寺と乗船カードを交換した。

「すみませんでした」

会釈した二人に、スタッフは「大丈夫ですよ。おかえりなさいませ、小野寺様」と、笑顔を返した。

七階でエレベーターを降りた後、倉崎は高沢と乗船カードを交換した。

「やはり思った通りだったね」

「うむ、これは使えるな。さっきのでトリックは三つになった。小野寺さん、これで座談会は大丈夫だよ」

高沢は満足げに「協力ありがとう」と、メンバーに感謝の意を伝えた。

8

高知を離れる時刻が近づいていた。

出航三十分前、すでに埠頭側のオープンデッキは人であふれている。スタッフから乗客に飲み物が手渡され、紙テープが配られる。

岸壁では、出航を見送る地元高校のブラスバンドの演奏や、それに合わせたパフォーマンスが行われている。

八階の自室に一旦戻ってから下に降りてきた高沢は、倉崎の言葉を思い出し、まず埠頭とは反対側のドアを開けて右舷側に行ってみた。たしかに、こちらには人の姿が全くない。

この状況も何か活かせないものか……問題はデッキの船首側（前）と船尾側（後）に設置されている二台の監視カメラだが、フィクションだったら、このカメラがないことにしてしまえばいいかもしれない。

デッキから外を見ると、例によって海上の船尾側に出航時に船を離岸させるためにロープで引っ張るタグボートが一艘、待機している。

この状況で、タグボートから誰かが船内にこっそり入り込むことは可能だろうか……などと考えながら、賑やかな左舷側に移動し、他のメンバーと合流した。

岸壁での盛大な見送りの人たちに応えるように、デッキからは色とりどりの紙テープが次々に投げられ、船客は揃って手を振る。

「入港したり、出港したりするたびに、こんな大袈裟なセレモニーをやるなんて、こんな光景が日本にもあるとはなぁ」

「客船の世界って優雅というか、浮世離れしてますよ。ごく限られた人だけのものって気がしますね」

倉崎の感想に小野寺が同意すると、桜木が旅行会社の社員らしくコメントする。

「でも、クルーズ船の寄航は、地元にさまざまな形で貢献もしてるんですよ。多くの乗客がオプショナルツアーに参加してお金を落としますし、名産品を買い求めたりしますから……」

「それに船のダイニングやレストランなどで提供される食材も、寄航するたびに調達してるって、以前、この船に乗ったときに聞いた気がします」

町田の言葉を高沢が継いだ。

「つまりどんな事象も、一つの側面からだけで判断してはいけないということなのだよ。違う角度から見ると、別の姿が浮かび上がってくることは多々あるな」

高沢がミステリー作家らしい物言いをしたところで汽笛が鳴り響き、おびただしい紙テープを引きずりながら、斑鳩はゆっくりと船首を港の外に向けた。

各々一旦、着替えのために部屋に戻り、夕食に備える。今夜のドレスコードは「インフォーマル」となっている。

ちなみにそれ以外の夜は「カジュアル」のドレスコード。このクルーズは五日間と短めなので、正装が求められる「フォーマル」の夜はない。

この時のためだけに持ってきたスーツにネクタイを締め、高沢は自室を後にした。

集合場所である七階の中央エレベーターホールに、まだメンバーの姿はない。ヒマつぶしに再度オープンデッキに出てみると、すでに紙テープやドリンクのテーブルなどは跡形もなく片付けられていた。

ドアのすぐ傍では一人の乗客がタバコを吸っている。この船で喫煙可能なのはオープンデッキに数箇所設けられている灰皿付近、バーとカフェの一部に限られている。

タバコの臭いは苦手だ……煙を避けるように船内に戻ると、ちょうど小野寺と倉崎がエレベーターホールにやってきた。高沢に気づくと揃って「ふふっ」と、含み笑いをする。

「人を見るなり笑うなんて、失礼だな」

憤慨した高沢だったが、服装にはもともと無頓着なので、傍からみると相当変なのかもしれないと思いつつ右舷側の通路を見ると、女性の姿が見えた。

部屋の位置とシルエットから、桜木のような気がする。

「せっかくだから女性陣を部屋まで迎えに行こう」

船尾側に歩き出すなり、高沢は「あれっ」と、思わず声を上げていた。

部屋のドアのすぐ傍に見えた桜木の姿が一瞬、見えなくなったからだ。

直後に桜木、次いで町田が通路に現れた。

「やあやあ、お二方、エレベーターホールから姿が見えたので、お迎えに来ました」

「高沢先生、わざわざすみません」

「ありがとうございます」

女性二人は口々に礼を言った後、微妙な表情を見せる……やはり自分の着こなしはよほど変らしい。気づかないふりをして疑問を投げかける。

「あの、つかぬことをお尋ねしますが、桜木さん、今しがた、何をなさっていたんですか？」

「何とは？」

訝しげな表情の相手に、高沢は説明を補足する。

「いえね、エレベーターホールから桜木さんが見えたんですが、その……ドアの方を向いてましたよね？」

「ああ、私、先に部屋の外に出て町田さんを待ってたんですけど、なかなか出てこられないから、何かあったのかと思って、ついドアを少しだけ開けて、声をかけてしまったんです。私、せっかちなもので……」

「すみません。イヤリングをつけるのに思いのほか手間取ってしまいました。普段はつけないものですから……」

「なるほど、そうですか……つまらないことを尋ねてすみませんでした。それでは食事に行きましょう」

メンバーは揃って階段を下りた。この時間、エレベーターはダイニングに向かう客で混んでいるだろうし、高齢者に配慮してか、船内のエレベーターは動作が遅い。階段を利用したほうがよほど早い。

五階に下りると、ちょうどメインダイニングの扉が開放されたところだった。いつもより少しばかり着飾った大勢の乗客が、ぞろぞろと中に入っていく。

今夜は再びフレンチのフルコース。

「せっかく恰好をつけているんだから、少しいいワインを頼んだらどうでしょう？」という倉崎の提案で、ボルドーの赤ワインをボトルでオーダーすることになった。

スタッフが各人のグラスに適量を注ぎ、四分の一ほどワインが残ったボトルをテーブルに置いた。

グラスを掲げたメンバーは高沢の「乾杯」に唱和し、ワインを口に運ぶ。

「客船というのは、ゆっくりと時間が流れる稀有な空間だね。海に日が沈んでいく様を眺めながらの食事なんて、つくづくミステリーの舞台に相応しいと思います」

グラスを置いた高沢が正直な感想を口にすると、町田が高い声で応じる。

「その言葉をお待ちしてました。ぜひ、これを機に、どんどん傑作を書いてください。よろしくお願いします」

「そうなることを私も願っています。でも、そのためにもまず、明日の座談会を成功させましょう。トリックに使えそうなネタは、見つかりました？」

興味深げに尋ねる桜木に、高沢は威厳を込めて答える。

「今日、観光から戻って乗船する時、皆さんに協力してもらったのを含めて三つですね」

「三つあれば、十分体裁がとれますよ……ミステリー作家って、たいしたものですね」

おだてられた高沢は頭を掻いた。

「正直、どれも凄いというネタじゃないけど、時間を持て余すことはないだろう……しかし朝までに参加者のための、謎解きの問題を作らんといかんからなぁ。ワインはこの一杯だけにして、食事が終わったら、早々に部屋に戻りますよ」

「先生、頑張ってください」

「高沢さん、よろしくお願いします」

二人の編集者が慇懃に頭を下げた後、友人が楽しげに声を上げる。

「高沢君には悪いけど、我々は、食後はラウンジでマジックショーを観覧して、それからメインバーでピアノ演奏でも聴きながら一杯やりますか」

いまいましい倉崎の提案に、三人は「いいですね」と賛同した。


自分の船室に戻ると、高沢はすぐに作業にとりかかった。

三つの問題のうち二つは労せずして形になった。我ながらいいペースだ。

この勢いで三つめにとりかかろうとしたが、ふいに喉の渇きを覚えたので一旦、ブレイクすることにした。

室内の冷蔵庫にはオレンジジュースやミネラルウォーターのペットボトルが入っているが、せっかく一服するなら広い場所の方がいい。カフェは、たしか夜十一時まではやっているはずだから、コーヒーを飲むくらいの時間は十分ある。

今夜のドレスコードは「インフォーマル」だが、沿わなければならないのは概ね午後十時までで、それ以降は普段着で構わない。

高沢はラフな服装で船室を出ると、エレベーターで十一階に上がった。

船の幅一杯を使った広いカフェには数名の客しかいない。二人掛けの大きなソファに腰を下ろすと、すかさず近づいてきたスタッフにアイスコーヒーを注文した。

静かで心地よい空間に、いきとどいたサービス。にもかかわらず無料というのは、やはり非日常というべきだ。

ガムシロップを少し注ぎ、ストローでコーヒーを一口吸い上げる。

明日のファンを囲んでの座談会に提供するには、三つで十分だが、あわよくばもう一つ、「美少女探偵」に使えそうなネタも見つけておきたい。

ふと、夕食時に女性二人を迎えに行った際、全日トラベルの桜木の姿が一瞬、見えなくなったことを思い出した。

あれが使えないだろうか……そう考え始めたところに人の気配を感じた。

「高沢のりお先生ではありませんか？」

声のする方を見上げると、Tシャツにゆったりしたパンツという高沢と同様、ラフな服装の女性が佇んでいた。

「そうだけど……」

「私、先生のミステリークルーズに参加している者です」

どちらかといえばスリムな体型、整った顔立ち、化粧は控えめ、少々切れ長の目には高い知性が感じられる。年齢は三十代前半とみた。

にわかに興味を覚えた高沢は、向かいに座るよう促す。

お言葉に甘えて、と腰を下ろした女性は、ジンジャーエールを注文した。

「ミステリークルーズに参加したということは、私のファンと考えていいのかな？」

「もちろんです。私、先生の著作はほとんど読んでいます」

「ありがとう、光栄です」

女性はテーブルに置かれたグラスを手にする。

「明日の午前中、先生がこのクルーズの間に見つけたネタでミステリーを創作して、参加者に問題として配るということですけど、それはもうできているのですか？」

「えっ、ああ、なんとか三つばかり作ったから、一応、面目は立ったと思う」

「さすが、長年、活動されているミステリー作家ですね」

「いやあ、クルーズは初めての経験だし、なかなか大変でしたよ。でも、できたらもう一つくらい作れたら、と考えていたところなんです」

「何か腹案でもあるんですか？」

ネタばれになると一瞬、躊躇したが、「ぜひ知りたい」と訴える魅力的な女性の目力には抗えない。

「そうだねぇ、七階の客室は、他の階とドアのレイアウトが違っているんだが、それをうまく利用できないものかと思ってね」

女性の目が光を帯びる。

「私の部屋は七階なんですけど、それ、使えますよ！」

彼女は自ら考えたトリックを高沢に語った。なんと、一緒にクルーズに参加している友人と実際に試して実証済みだという。

「おお、それはいけますね。でも、私が考えたものではないから、残念ながら問題には使えないが……」

「いえ、先生にだったら、私、喜んで提供します。ぜひ四つ目の問題に入れてください」

「えっ、いいのかな。では、ありがたくいただくことにしますよ。あのぅ……そのお礼といってはなんだけど、もしアルコールが苦手でなければ、カクテルでもいかがかな？」

「ええ、喜んで！」

女性と共にカフェの隣、船首部分に設けられたラウンジバーに移動した高沢は、しばし課せられた任務を忘れた。

9

翌朝、高沢は明け方近くまでかかってきちんと仕上げた問題を、自室にやってきた編集者の二人に、ノートパソコン上で見てもらった。

「昨日、教えてもらったネタがどんな問題になるのかと思ってましたが、さすがミステリー作家の面目躍如ってところですね。それだけでなく、新たな問題まで作っていただけるとは、恐れ入りました」

「まあ、四つめのはおまけだけどね」

小野寺に続いて、町田も労いの言葉をかける。

「簡潔で、しかも、ちゃんとこの船ならではのユニークな問題になってます。高沢先生、お疲れ様でした」

「そう言って貰えると、私も苦労した甲斐があったというものですよ、ふぁああ～」

眠さのあまり、顎が外れそうな大欠伸をした高沢に、町田が内容の確認を求めた。

「三つめの問題は、実際に我々が実験したことなのでトリックは分かりますけど、この問題文には容疑者が出てきませんから、犯人を特定することはできませんよね？」

「まあ、そうなんだけど、今回はあくまでトリックを考えてもらうのが主だから、これでよしとさせてください。小説に起こす際には、もちろん、そのあたりもきちんと書きますから」

「分かりました。それで各問題に対する解答文はあるんですか？」

「自分用に簡単なメモは作りました。内容は、座談会でのお楽しみということで……」

「了解しました」

三人は再度、問題文をチェックし、誤字脱字や言い回しなど十数箇所を修正した上で、データをUSBメモリーにコピーした。

「それでは、私はしばらく休ませてもらいます、ふぁあぁ～」

再び大欠伸をすると、高沢はベッドに倒れこんだ。


高沢の船室を後にした編集者二人は、座談会の担当スタッフにUSBメモリーを手渡した。問題文は、すみやかにスタッフエリアにあるプリンターで出力の上、八十部がコピーされ、ミステリーツアーの参加者の各船室に配布された。

疲れ果てた高沢が正体なく眠っている間、他のメンバー四名は上陸して、近くにある名古屋港水族館を訪問した。

　夕方、前日同様セレモニーが行われ、斑鳩は名古屋を出航した。

　例によってすぐ後にディナー。クルーズ最後の夜は和食だったので、メンバーは座談会の前祝いに、瓶ビールをグラスに注ぎ分けて乾杯した。

「ようやく問題作りから解放されたんだから、もう少し飲みたい」という高沢の希望で、冷酒を続けてオーダーした。

　イベント前に酔ってしまってはまずいのでは、と小野寺は心配の様子だったが、「少しくらいならいいでしょう」と町田が許可したので、高沢は嬉しそうに猪口を口に運んだ。


　午後八時、六階のシネマホールに、ミステリーツアーの参加者八十人が集った。

　一段高いステージの真ん中に高沢が座り、サポート役である翔仁社の小野寺と春花秋桃社の町田がその左右に着席し、司会の桜木は少し離れた場所に立つ。会を円滑に進めるためのスタッフが四名、会場内に待機する。倉崎は客席の端に腰を下ろした。

　冒頭、全日トラベルの桜木が開会の挨拶を行った。

「四泊五日のクルーズも、いよいよ明日の朝までとなりました。皆様、豪華客船での優雅な旅を存分に満喫されたことと思います。

　今宵はその締めくくりといたしまして、今朝方、皆様にお配りした四つのミステリーの問題を元に、高沢のりお先生を囲んで座談会を行いたいと思います。よろしくお願いします」

ミステリー作家が立ち上がって軽く会釈すると、客席から拍手が起こった。

「お配りした四つの問題は、全て今回のクルーズの間に、私と友人があくまで乗客の立場でこの客船での出来事を観察したり、検証したりして考えたものです。

つまり、この四日間を私と同じ空間で過ごした皆さんには、必然的に問題を解くヒントが与えられており、船内で起こる様々なことに気を配っていれば、正解が見つけられるということです。とはいえ、各問題は急ごしらえなので、厳密性を欠いたり詰めが甘かったりします。そこは何とぞご容赦いただきたいと思います」

10

挨拶を終えた高沢が着席すると、桜木が弾むような声を上げる。

「それでは早速、問題Aから参ります。お配りした問題文をお手元にご用意ください」

問題A　毒入りワイン事件

シブヤは有給休暇をとって、斑鳩での一人旅を楽しんでいた。本格的なクルーズ船は二度目の経験だ。

夕食時、別の一人旅の中年男性、タマチと四人掛けのテーブルで相席することになった。一人きりでの食事を避け、乗客同士の友好を深めるという、客船の習慣に則ったものだ。

船旅というのは本来、見知らぬ乗船客同士が友好を深める場だった。斑鳩が就航した当初は、カップルや夫婦など二人組の人たちも相席し、一緒に会話を楽しめるようにしていたという。だがクルーズの普及とともに相席を嫌がる客が多くなり、地上のレストランと同じようにグループ毎に分けるようになったという。

慣習が残っているのは、一人旅の客だけというわけだ。

メニューの最初、前菜がテーブルに置かれたところで、さらに相席者が増えた。高齢の男性、ヨヨギだ。

シブヤは昼間、ヨヨギから図書室はどこか尋ねられ、六階にある図書室まで案内したので顔を憶えていた。その際に交わした会話で、互いに一人旅であることを知った。

ダイニングを訪れたヨヨギはシブヤを見つけ、スタッフに傍に席をとってくれるよう頼んだという。

シブヤは酒に強い方ではないが、せっかくなのでメインディッシュに合わせて赤ワインを一本オーダーすることにした。

彼らのテーブルを担当する外国人のスタッフに声をかけると、ほどなくボトルとグラスをトレイに載せてやってきて、三人の目の前でコルクを抜いた。

テイスティングした後、シブヤは相席の二人にもワインを勧めた。

タマチは「私はアルコールが飲めない体質です」と断わったが、ヨヨギは「お言葉に甘えて少しだけ」と同意したので、スタッフは二つのグラスに控えめにワインを注いだ。

その後、三人は会話と食事を楽しんだ。

シブヤはスタッフに、ワインの代金を部屋付けで支払うために、乗船カードを提示し、さらに一言ことづけた。

食後のデザートとコーヒーを終えたタマチは、高齢のためか、ゆっくりと食事をすすめるヨヨギに「ダンスフロアで社交ダンスに参加する予定があるので失礼します」とテーブルを後にした。

続いてシブヤも、「ラウンジで行われるショーを観覧したいので申し訳ありません」と席を立った。

その際「ワインが残っているので、よかったらどうぞ」と言い残した。

次の夜、ダイニングに赴いたシブヤは、前日の席と同じあたりに歩を進めると、すかさず昨日と同じスタッフが空いた席に案内した。

数分後、昨日と同様、タマチが相席をすすめられて対面に腰を下ろし、スタッフは気を利かせてワインボトルを持ってきた。

スタッフは前菜を二人の前に置き、ついでにシブヤのグラスに赤ワインを注いだが、アルコールが飲めないことを昨日聞いていたためか、タマチにはノンアルコール飲料を勧めた。

ワインを口に含んだ途端、シブヤは苦しみだした。

異変に気づいたタマチが大声を上げ、スタッフがすぐにダイニングの責任者を呼んだ。

苦しそうに顔をゆがめ、うめき声を上げるシブヤを、数人でダイニングの外に運び出したが、ソファに寝かせたときには、すでに生気がなかった。

医務室から駆けつけた船医は瞬時に毒物反応と判断し、必要な措置をとったが、その甲斐なくシブヤは息を引き取った。

テーブルには半分弱ほど中身が入ったワインボトルが残されており、中から青酸化合物が発見された。

問題　犯人は誰か、毒はいつ混入されたのか？

ヒント「クルーズ船ならではのユニークなサービス」

11

おほん、と一つ咳払いして高沢は解説を始めた。

「この問題では、被害者のシブヤを除いて登場人物は三名です。そしてシブヤが毒の入ったワインを口にしたとき、傍にいたのは一人だけ……ということは、普通に考えれば、一番怪しいのはタマチということになります」

すかさず町田が口を挿んだ。

「それじゃあまりに単純ですけど、もしそうだとすると、タマチはどうやって毒をワインに仕込んだんでしょうか?」

「目の前にシブヤがいるわけですから、毒を盛るのは難しいと思います。したがって、タマチが犯人である可能性は低いです」

「とすると、ワインを運んできたスタッフが犯人ですか?」

今度は小野寺が割り込んだ。

「いえ、違います」

「この二人が犯人でないとしたら、毒を盛ることができるのは一人しかいません。それはシブヤ本人です。つまり服毒自殺ということですね」

町田の意図的な発言に乗せられて、参加者数名からブーイングの声が上がる。

この人は相当、場慣れしてるな、と高沢は感心した。

会場のざわつきが収まったところで、高沢は口を開いた。

「今の指摘はなかなか鋭い。たしかに自殺の可能性も否定できません。ですが、私が考えた答えは違います」

「では、一体誰が犯人なんですか？」と町田が詰め寄る。

「犯人は、最初の夜にシブヤと夕食を共にした、ヨヨギです」

会場から「え〜」、「不可能でしょ」という声が上がり、高沢は「してやったり」とばかりほくそ笑む。

「皆さんの疑問は、被害者のシブヤが毒入りワインを飲んだ二日目のディナーでは、ヨヨギは傍にいなかったので、毒を盛ることができないのではないか、ということですね。では、彼はいつワインに毒を混入したのか……」

高沢はもったいをつけるように、一呼吸おく。

「それは前日のディナーの時以外にはあり得ません。そのディナーでテーブルに最後まで残っていたのはヨヨギでしたし、ワインボトルもシブヤの意向でテーブルに残されていました」

即座に、三十代と思われる男が挙手し、会場のスタッフがマイクを手渡した。

「ということは、翌日のディナーのとき、被害者は前日の残りのワインを飲んだということになりますよね。そんなの、あり得るんですか？」

「はい。問題文では食事中、シブヤはスタッフに一言ことづけていますが、それは『ヨヨギ氏の食事が終わったとき、ワインが残っていたらキープしておいてほしい』という内容だったのです」

「え――、レストランでワインのボトルキープができるなんて、聞いたことがありません。実際に存在しないサービスを創作するのは、ミステリーとしてフェアでないように思いますけど……」

「なかなか厳しいですね。ご意見、もっともだと思います。地上のレストランではその通りですから。しかし、この船に限ってはフェアなんです」

「えっ、ということは……」

「問題のヒントに『クルーズ船ならではのユニークなサービス』という記述があったでしょ？」

高沢から目配せされた桜木が、事情を説明した。

「たしかにこの船では、飲みかけのワインのボトルキープというサービスを行っております。その理由は二つあります。一つはお客様はクルーズ中、毎晩、本船のダイニングでディナーをお召し上がりになるということです。

ボトルキープというのは本来、常温で長期間保管がきくウィスキーや焼酎などの蒸留酒に限られますが、クルーズ中など短期間であれば、抜栓した醸造酒でも味が損なわれることはありません。本船ではお客様のご希望があれば、飲みかけのワインを冷蔵庫でお預かりすることになっています」

「そんなサービスがあるなんて、知らなかった」「たしかにユニークだ」といった声が客席から上がる。

「もう一つの理由は、お客様の多くが年配の方々だということです。グラスで提供されるワインはカジュアルなものに限られ、上のクラスのワインはボトルになります。せっかくの船旅なのでいいワインを、というお客様も多くいらっしゃいます。

ですが多くの年配の方々にとって、夫婦あるいは友人と二人でボトル一本は量が多すぎると感じられるそうです。でも、ボトルキープが可能であれば、日を分けて楽しむことができますから、安心してボトルワインをオーダーすることができるというわけです」

「なるほど、納得です」

異を唱えた参加者は頷いた。

ついでに、と高沢が言い添える。

「ミステリーとしての公正さを欠かないよう、問題文には二日目、シブヤが毒に倒れたときのワインの残量を『半分弱ほど』と明記しています。

一日目にシブヤ本人が控えめに二杯程度、ヨヨギが一杯飲み、さらに二日目にシブヤのグラスに注がれた合計四杯分を差し引くと、ボトルにはそのくらい残ることになります」

中年の女性が「いいですか」と手を挙げた。

「シブヤ氏のテーブルを担当したスタッフ、あるいは飲みかけのワインが保管してある場所に立ち入ることができるスタッフは、前もって毒を混入させることができますから、全員犯行が可能だと思いますけど……」

「おっしゃる通り可能性はゼロとは言えません。しかしこの船は、お客がどのテーブルのどの席に座るか決まってませんし、ディナーとその前後の時間帯は、お客と接するサービス、料理を作る厨房ともスタッフはとても忙しいので、無差別ならともかく、特定の人物に対して毒を仕込むのはかなり難しいでしょうね。

それ以外に余裕のある時間帯もあるでしょうが、厨房で働く人数は多いですし、変な行動は人目につきやすいですから、誰にも見られずに、とはなかなかいかないでしょう」

ついでに、と町田が補足した。

「ダイニングのスタッフの方々に尋ねたところ、彼らが寝泊まりするのは数人の相部屋だそうです。そして一旦乗船したら数ヶ月間は船の上での生活になるとのことです。

この船は、一つのクルーズが終わって午前中に帰港しても、その日の午後には新しいお客を乗せて次のクルーズに出発してしまうんですね。ですからスタッフには、毒物を調達することも所持しつづけることも難しいと思います。それに彼らには、いつターゲットとする人物がクルーズに参加するかも分かりません。犯人として現実的でないでしょう」

参加者の多くが「納得」とばかり頷いたのを受け、高沢はさらに言葉を継ぐ。

「一方、乗客の荷物は、宅配便で前もって発送しておけば、出航時までにほぼ確実に船室に届けられます。荷物の検査はX線による簡単なものなので、毒物が事前に見つかる可能性はほとんどありません。

それに、そもそも食事に関わるスタッフが犯人では、ミステリーとしての魅力は大きく損なわれますからね」

これで締めくくるはずだったが、年配の男が手を挙げた。

「ちょっと、いいですか。この問題の状況だと、前日のディナーのとき、ヨヨギがワインボトルに青酸を入れるシーンを目撃した人がいない限り、犯人として特定するのは難しいんじゃないですか？　青酸の致死量はごく少量ですから、毒物を入れた容器の処分も容易でしょうし……」

「おっしゃる通りです。ワインボトルに毒を仕込む機会があったということで、ヨヨギは被疑者の筆頭にはなるでしょうけど、お決まりの『私がやったという証拠はあるのか』という、居直り台詞には抗えないでしょうね」

「ということは、はなはだ疑わしいながらも完全犯罪が成立、ということになってしまうんでしょうか？　先生の愛読者としては、それだと不満が残りますが……」

「いえいえ、今回のこの問題はあくまで限られた時間で作ったもので、言わばトリックのエッセンスだけです。

後日、小説の形にするときには、他の事件をからめたり、犯人のおかしたミスがあらぬところで露見するといった内容を加えたりして、きっちり解決するようにしますから、ご安心くださ い」

「分かりました。完成した小説が書店に並ぶのを心待ちにしています」

参加者から、期待を込めた拍手が起こった。

推敲（すいこう）不足の感が否めないトリックのため、少なからぬプレッシャーを感じた高沢だったが、問題Aは無事、終了した。

12

「それでは、次の問題Bに行きます」

司会を務める桜木の明るい声が会場内に響き、座談会の参加者達は、事前に配布されていた問題文のページを繰った。

問題B　チーフパーサーの死

大型クルーズ船、斑鳩は、高知に向けて航行していた。

夜明け前に室戸岬を回りこみ、土佐湾に入った。

航海士のオオサキは、外洋航行時の一八ノットから一〇ノット弱まで速度を落とし、ゆっくりと船を進める。湾内の安全と入港時刻の調整のためだ。

天候は晴れ、風は南からの微風で、海は凪いでいる。

朝、六時、ブリッジ（操船室）に上がってきたキャプテン（船長）のメグロは、オオサキから舵を引き継いだ。

到着予定時刻の一時間半前、六時半頃に高知港所属のタグボートが合流した。そのまま埠頭まで並走する。

オオサキは入港に向けての作業のため、ブリッジから下の階へと降りた。

六時三十五分頃ブリッジに上がってきたパイロット（水先案内人）のタバタの指示に従っ

てメグロは船を操舵し、ブリッジの他のメンバーは入港、接岸のための所定の作業を開始した。

それから七分ほどしてオオサキが戻ってきた。なぜ戻ってくるのが遅れたのかメグロが尋ねると、「下の階に降りた際、急に腹痛に襲われトイレに駆け込んだ」と説明した。

七時三十分、斑鳩は接岸への最終段階に入った。船体を岸壁と平行になるよう操舵し、タグボートと連携してそのまま真横にじわじわと移動させる。

七時五十二分、斑鳩は無事、高知港の埠頭に接岸し、メグロは入港を指揮したタバタに感謝の意を伝えた。

斑鳩の巨大な船体は何本ものロープで係留され、上陸用タラップが設置された。

乗客が船から岸壁に降りることができるようになった八時二十分頃、チーフパーサー、シナガワの姿が見えない、との連絡がメグロに入った。

シナガワは六時半頃「十分ほど失礼する」と言い残してフロントから去った後、戻っていないとのことだった。

手分けして捜索したところ、九階にある船内の自室で、ナイフを胸に突き立てられて死んでいるのが見つかった。

ちなみにチーフパーサーは他の乗組員との相部屋ではなく、個室である。

通報を受けた警察が現場検証を行った。

死亡原因は出血多量によるショック。死亡推定時刻は七時から七時半の間。発見場所が犯行現場であろうと推測された。

刃物とは別に、前頭部に打撲痕があり、犯人はまず被害者を鈍器で殴って気絶させ、抵抗できなくした上で刃物で刺したものと思われる。

凶器が引き抜かれずに残されていたのは、返り血を浴びないためだろう。

被害者のそばには、犯人のものと思われる新しい頭髪が数本落ちていた。

現場はスタッフしか立ち入ることができない場所だった。

犯行時間帯に出入り可能だった（アリバイのない）スタッフ十数名について、後日ＤＮＡ鑑定が行われたが、いずれも不一致だった。

犯人はどうやって犯行を行ったのか。

ヒント **「船舶ならではの運用と、共犯者の存在」**

13

「高沢先生、犯人は誰なんですか？」

司会の桜木が答えを促すと、高沢は「えっと、皆さんは誰だと思いますか？」と逆に問いかけた。

「航海士のオオサキしかいないだろ」

「いや、オオサキには被害者の死亡推定時刻に、アリバイがありますよ」

「それはあくまで推定でしょう？　時刻が少しずれてたってことじゃないの」

「しかしミステリーにおける時刻の明示は、絶対とまでは行かなくても、推理の大きな拠り所だよ。これが嘘だったなんて答えだったら、高沢先生の人格を疑うよ」

「とは言うものの、他に該当者はいないからなぁ」

「DNA鑑定して、誰もひっかからなかったわけだから……」

参加者同士の白熱した会話に、高沢は「いやぁ、まいったな」と頭を掻いてから、客席に向かって声を上げげた。

「実はですねぇ、これは殺人犯は誰、と明確に示すことはできないんですよ。問題も『犯人はどうやって犯行を行ったのか』でしたし……」

人を食ったような言葉に、すぐさま「何だよそれ！」「ミステリーになってないじゃん」とヤジめいた声が飛ぶ。

「さっきも話題になりましたけど、まさか犯人は存在しない、被害者は自殺なんて答えもアリですか？」

わざとらしく質問をした小野寺に冷ややかな一瞥をくれると、高沢は参加者の方を向いた。

「犯人は被害者の頭を前から殴った、という鑑識結果が記述されているのですから、自殺はあり得ません。私が言いたいのは、要するに殺人の実行犯が問題文中に出てこないということなんです。

ちなみに共犯者は二人、これははっきりしています。航海士のオオサキとパイロットのタバタです」

「えっ、そうだったんですか！　思いもよりませんでした」

再び白々しいちゃちゃを入れる小野寺を無視して、高沢は先を続ける。

「この問題も、船のユニークな運用が元になっています。それについて、私の友人である倉崎君に解説してもらいます」

「何、僕が？　そんな話、聞いてないよ」

会場の隅に座っていた倉崎は慌てて手を横に振ったが、高沢は穏やかに言葉を継ぐ。

「ぜひ、お願いするよ。このネタを見つけたのは君なんだからさ。それを披露する栄誉を譲るくらいの良識は私にもありますよ」

渋々といった様子で壇上に上がり、小野寺の隣に座った倉崎は、仕方ないとばかりため息をつき、「倉崎です。高沢君とは昔からの友人です」と自己紹介した上で、説明を始めた。

「航海中、船の運航に関する権限は船長にありますが、入港するときだけは違います。周辺の地形や行き交う船は港ごとに異なりますし、その港湾だけに適用されるローカルルールというのもいろいろあるそうです。

そのため入港に際してはパイロット、つまり水先案内人が一番権限を持ち、船長はその指示に従って埠頭まで操船します」

年配の男が手を挙げた。スタッフがすぐにマイクを差し出す。

「そのパイロットというのは、最初からクルーズ船に乗ってるんですか？　それとも洋上のどこかで乗り込むんですか？」

いい質問ですね、と倉崎は応じる。

「問題文に『六時半頃に高知港所属のタグボートが合流した』とありますが、そのタグボートにパイロットは乗っています。低速で並走しながらタグボートは斑鳩の側面にほんの一瞬だけ横付けし、パイロットがタグボートから乗り移ります。

私はこの船が高知港に入港する際、乗り込む人を実際に見ました。それがどういうことなのか知りたくて、船のスタッフに尋ねたところ、パイロットだと分かった次第です」

「それは船舶を知らない多くの人にとって盲点だ」「これは他の交通機関にはないユニークな事柄だ」など、感心する声がいくつか聞かれた。

気をよくした高沢が、説明を引き継いだ。

「問題文に『オオサキは入港に向けての作業のため、ブリッジから下の階へと降りた』とありますが、それはパイロットを迎えにいったということです。そして、ここが肝心なところですが、乗り込んだのはタバタの他にもう一人いました。それが殺人の実行犯ということになります」

即座に「え〜？」「どこにもそんな記述なんかないじゃないか！」「そりゃないよ」「ミステリーとしてフェアでない」などのヤジが飛ぶ。

ファンからのブーイングに高沢はうろたえたが、会場の真ん中あたりから上がった声に救われた。昨夜、出会ったあの女性だ。

「私は十分フェアだと思います。まず船舶運航についての基礎知識があれば、パイロットがタグボートから乗り込んだことが分かります。

そして殺人現場は、一般乗客が立ち入ることができないチーフパーサーの自室で、しかも残されていた頭髪がスタッフのものでないとすれば、外部からの侵入を疑うべきです。

その可能性が最も高いのは、タグボートからパイロットと一緒に乗り込むことですよね」

すかさず桜木が、彼女の発言を後押しする。

「つまりロジカルに考えれば、記述されていない人物の存在を推測できるというわけですね。高沢先生のピンチを救っていただき、助かりました。では続きをお願いします」

クルーズ船だけに、彼女のフォローはまさに助け舟。ミステリーに精通した聡明な女性……高沢の胸の奥から特別な感情が湧き上がってくる。

「ああ……はい。タグボートから乗り込めるよう、四階の喫水線に近い位置に設けられた扉から、パイロットのタバタと実行犯は斑鳩に乗り込みました。

ドアを開けた乗組員に、タバタは実行犯のことを『見習いの実習』と告げ、迎えに来たオオサキも『事前に連絡を受けている』と応じたので、不審に思う者はいませんでした。

タバタは一人でブリッジに上がり、オオサキは実行犯と共にチーフパーサーの自室に向かいます。オオサキは前もって『六時半過ぎに自室で会いたい』とシナガワに伝えていました」

高沢はここで一息ついたが、先程のような不満の声は上がらなかった。内心、胸を撫で下ろす。

「部屋に招き入れられたオオサキは、ふいをついて鈍器でシナガワを殴り、気絶させます。殴られた痕が前頭部だったのは、顔見知りだったためであり、鈍器は、実行犯が持ち込んだものです。

すみやかに部屋の外に待機していた実行犯を招きいれ、オオサキはブリッジに上がります。実行犯がシナガワを刺殺したのは七時十五分頃……これでオオサキのアリバイは成立します。

その後、実行犯はオオサキから手渡されたスタッフ用のカードを使って、乗客が利用する通路に出て一般客に成りすまし、同じくオオサキから渡された乗客用の乗船カードを使って埠頭に接岸した船のタラップから下船し、退散したというわけです」

喉の渇きを覚えた高沢は、テーブルに用意されているペットボトルのミネラルウォーターをぐいっと飲んだ。

「イマイチすっきりしないけど、これはアリかな」

「今どきの、たちの悪い叙述トリックよりはずっとマシだよ」

「共犯者が二人というのはちょっと多い気がするけど」

「それは仕方ないんじゃないの」

参加者が互いに交わす会話が耳に入る……なんとか納得してもらえたようだ。

と、中年の男が手を挙げた。

「犯人が船から降りるところですが、航海士の立場で乗客用の乗船カードを容易に入手できるものなんでしょうか？

これって部屋のキーというだけでなく、性別、年齢、住所なども登録されていて、客が船を乗降する際にゲートでカードリーダーにかざすと、その情報が表示されますよね。ごまかせるものなんですか？」

これは痛いところを突かれた。高沢は正直に応じる。

「そのご指摘はもっともです。スタッフ用のカードはなんとか調達できるでしょうが、乗客用のカードは、現実には難しいと思います。

小説の設定としては、一人旅でツインルームを使う客の同室という架空の客の乗船カードをオオサキが事前に用意し、航海中にコンピューターの乗客情報を操作して、架空の客が乗船中であることにした。犯人が高知で乗船カードを使って降りた後、出航までに架空の客の情報を削除した、という風になるでしょうね。

その後は、乗客数の増減に気づいたスタッフによってデータの改ざんが発覚し、そこから被疑者が絞り込まれていく、といった展開が考えられます」

「やはりそうなりますか……他に船から退散する手段はないんでしょうか」

「いろいろ考えたんですが、難しいようです」

すると小野寺の隣に座ったままの倉崎が「手段がないわけでもありません」とつぶやいた。

「他に方法があるの？」

「まあ……相当リスキーではあるけれど」

「だったらぜひ、この場で披露してよ」

高沢に促された倉崎は、アイデアを紹介した。

「とても単純なんですが、犯行後、実行犯が斑鳩に侵入したルートを逆にたどって船の外に出るという方法があります」

「もしかして、最初に乗り込んだドアを開けて、海に飛び込むってことですか？」

隣の小野寺が、大袈裟な口調で口を挿む。

「いえ、アクション映画だったらそういうのもアリだと思いますけど、船はすでに埠頭近くでもうじき接岸という状況ですからね。人目もあるでしょうし、泳いで逃げるのはかなり無理があるんじゃないでしょうか……。私が可能性があると思ったのは、ドアを開けて再びタグボートに乗り移るという脱出法です」

「ああ、そうか」「その手はあるな」という声が上がる。

「皆さん、すでにお分かりのようですが、埠頭に接岸させるには、客船を真横に動かさなければなりません。そのために、海側からタグボートの頭を客船の側面に押しつけてやる必要があります。つまり犯行直後の時間帯には、客船の間近にタグボートがいるんですよ」

「ふむふむ、それはなかなかいい手だ。で、リスキーなのはどのあたりなんだい？」

高沢は、友人相手のいつもの口調で先を急かす。

「一つは、他のスタッフに見られずにドアを開けることです。接岸作業の際は埠頭側に人が集中しますから、『スタッフは誰もいなかった』と言い切れるかもしれませんが、一人でも近くにいれば万事休すです。

もう一つは、パイロット見習いとして乗り込んでいる実行犯がタバタと別行動である理由を、タグボートの乗員に納得させなければならないことです。正規のパイロットであるタバタは、船が接岸後に、自分の身分証を提示して、堂々とタラップを通って地上に降りるでしょうから……」

「もしくはドア付近のスタッフも、タグボートの乗員も皆、共犯という設定もないとは言えませんが、それを読者に納得させるための背景なり理由は必要ですね。でも、可能性があるという意味では無視できないと思います」

倉崎の後を継いだ町田の言葉に、高沢は素直に頷く。

「そうですね、町田さんの言う通りです。様々な可能性を作中で暗示することで、ミステリーに深みと厚みが出ます。この手の小説を生業とする者にとって、それはとても大事なことです。

それから本船のチーフパーサーである品川さんは、問題文のシナガワとは無関係であることを申し添えておきます」

ミステリー作家らしく締めくくって、問題Bは終了した。

14

「続いて、問題Cに移ります」

そう告げた進行役の桜木の声は、いくぶん上擦っているように聞こえた。

「これは容疑者が一切登場しませんから、犯人が誰かではなく、どうやって犯行に及んだかを推理するということになりますけど……実は私、答えが分かっちゃったような気がします」

なるほど、謎が解けるということは誰にとっても気分が高揚するものなのだ、と高沢は再認識した。

客席のそこかしこからも、「ほお～」と感心する声が上がった。

問題C　証拠だらけの殺人現場

夕方、残暑の厳しい高知を出航した斑鳩は、名古屋を目指していた。

土佐湾から熊野灘を経て、伊勢湾に入り、翌日の午前九時に名古屋に入港する予定だ。

この船では、午前中と夕方の二回、客室係が各客室に立ち入る。

午前中（八時～十一時頃）は主に部屋とバスルームの清掃、夕方（午後五時～七時頃）は主にベッドメイクを行う。くずもの入れのゴミの回収、冷蔵庫のソフトドリンクやバスルームの備品の補充は適宜行われる。

これらの作業を担当するのは、東南アジア系の若い女性スタッフ達で、各々の担当する客室は決まっている。

九階の左舷後方の客室を担当するアライサは、三日目の夕方、いつもと同じように担当する全ての客室のベッドメイクを終えた。

ディナーの時間と重なっているので、作業中に乗客と顔をあわせることはまずなく、各部屋に気になることもなかった。

翌日、アライサはいつものように朝の作業を始めた。

朝食から戻ってきた客や、上陸するために部屋を後にする客など、数名と通路や客室内で顔をあわせた。

いつもと違ったのは、オオツカという一人旅の客のドアに「Don't Disturb（起こさないでください）」のマグネット式のサインが貼られていたので、この部屋の清掃を行わなかったことだ。

午前八時五十分、斑鳩は名古屋港に到着し、多くの乗客が上陸して観光に向かった。

午後一時、アライサは朝、立ち入れなかった部屋の清掃に向かったが、ドアにはサインが貼られたままだった。

気になったアライサは、客室係の責任者にその旨を告げた。

責任者はドアをノックし「オオツカさん」と名前を呼んだが、返事はなかった。

報告を受けたチーフパーサーのシナガワは、乗客データを照合し、オオツカが船内にいることを確認した上でドアを開錠した。

客室は特に変わったことはなく、オオツカは掛け布団をかけて横になっていた……が、全く生気がない。

かけつけたドクター（船医）が布団をめくると、オオツカはスーツ姿のままで死亡していた。

首には絞められた痕がくっきりと残っており、それに使用されたと思われる紐とコンパクトなダンベルが、遺体のそばに残されていた。

船長のメグロは、すぐに警察に連絡し、現場検証が行われた。室内には犯人のものと思われる指紋がいたるところについており、毛髪や皮膚片も採取された。

鑑識の結果、オオツカの死亡推定時刻は、昨日の午後九時から午後十時の間。

残された物や被害者の状態から、おおよそ次のように推測された。

――オオツカは死亡推定時刻の少し前、自室に戻ってきた。スーツ姿だったのは、前夜のドレスコードが「インフォーマル」で、概ね午後十時まで、客は皆その服装で過ごすことになっていたためだ。

オオツカが乗船カードをかざしてドアロックを解除し、室内に入ろうとした時、密かに背後から近づいた犯人が、後頭部をダンベルで殴って失神させ、室内に倒れこんだオオツカを紐を使って絞殺し、ベッドに寝かした――。

事件は船が洋上航行中に起こったことであり、この時間帯にアリバイのない者の指紋を調べれば済むこと。

毛髪から、犯人はおそらく日本人であろうと推測された。

該当者は五十人程度。事件はすぐに解決する……はずだった。

だが、指紋が一致する者はいなかった。

アリバイの時間帯を広げ、外国人の乗組員も加えると、さらに百人ほどが対象となったが、
それでも指紋が一致する者はいなかった。

問題 **犯人はどこに消えたのか。**

ヒント **「共犯者の存在」**

15

「では、せっかくなので、桜木さんに正解を発表していただきたいと思います」

「ええええっ、私がですか？」

高沢に大役を任された司会者は、素っ頓狂な声を上げる。

「そうです。答えが分かったとおっしゃったので、よろしくお願いします」

「間違ってたら恥ずかしいなぁ……」

「たぶん、桜木さんの思っている通りだと思いますよ。高沢さん、この問題Cは、昨日の夕方、ここに座っている五人で検証したことが元になっているんですよね？」

町田の問いに、高沢は「そうです」と大きく頷く。

それなら、と桜木は深呼吸してから答えを告げた。

「犯人は乗客として乗り込んでいる共犯者の乗船カードを使って船に乗り込み、犯行に及んだんだと思います。高沢先生、どうでしょうか？」

「お見事、正解です。今の答えだけではよく分からない方もいると思うから、もう少し詳しく説明していただけませんか？」

桜木は、高沢に代わって内容を解説した。

「クルーズ船は三日目の夕方に高知を出航し、四日目の朝に名古屋に入港しますが、犯行はこの間に行われました。高知で船を下りた共犯者から乗船カードを受け取った犯人は、共犯者を装って高知から乗船します。

先程も話題になりましたが、乗船カードには名前や性別、年齢が登録されています。犯人が共犯者になりすますためには、同性で年齢が近い必要がありました。えっと……この説明で大丈夫ですか？」

問われた高沢は「全く問題ありません」と笑顔を返す。

「高知に上陸したとき、実際に検証してみたんですよ。船に戻る際に町田さんと小野寺さん、そして倉崎君と私がそれぞれカードを交換して乗船を試みました。

町田さんとカードを交換した小野寺さんは、性別が異なるのでゲートで止められましたが、同性で年齢も近い私と倉崎君は、問題なく通過できました。では桜木さん、先を続けてください」

はい、と司会者は笑顔で応じる。

「共犯者のカードを使って乗船した犯人は、オオツカが部屋に戻ってくるのを待ち伏せしました。オオツカがカードをかざして船室のロックを解除し、中に入ろうとした瞬間、後ろから頭をダンベルで殴って気絶させました。

そして部屋の中で首を絞めて殺害し、自分が乗船している間に事件が発覚しないよう『Don't Disturb』のサインをドアの外側に貼って部屋から去り、その後は共犯者の部屋で過ごしました。

翌朝、名古屋で下船した犯人は、飛行機あるいは鉄道など別の交通手段で高知から移動した共犯者に乗船カードを渡して去りました。以上です」

「ほぼ完璧な解答です。恐れ入りました」

高沢が手を打ったのにつられて、会場から大きな拍手が起こる。

「ありがとうございます」

桜木は深々と頭を下げた。

参加者が静まったところで、改めて高沢が口を開く。

「少し補足すると、高知で船に乗り込んだ犯人は、犯行を終えるまで共犯者の部屋には行きませんでした。ベッドメイクのスタッフと顔を合わせる恐れがあるからです。

オオツカがディナーを食べ、その後、ラウンジでのショーを観覧して部屋に戻ってきたのが九時過ぎ。それまで犯人は、オオツカの部屋付近が見えるエレベーターホールあたりで、辛抱強く待っていたということになります。

また翌朝も、犯人は客室係と顔を合わせないよう、部屋の清掃が始まる前に部屋を出て、名古屋で上陸が可能になる午前九時半頃まで、船内の他の場所で時間をつぶす必要がありました。

……こんなところですが、この問題について、質問のある方はいますか？」

問いかけると、初老の男が手を挙げた。

「やむを得ない場合を除いて、凶器や指紋などは現場に残さないのがセオリーだと思うのだが、犯人は敢えてそうしたのですか？」

「この場合はそうです。凶器はごくありふれたもので、購入者を割り出すのはまず不可能ですから、放置して問題ありません。むしろ持ち去った場合、何かのはずみでそれらを所持していることが露見するリスクの方が大きいと思います」

「船なのだから、夜中に海に投げ捨ててしまえばよいのではないですか？」

「よくある手ですね。投げ捨てるとすれば、バルコニーのある客室であればそこから、あるいは七階のオープンデッキからということになります。ですが、客室から紐を投げ捨てる瞬間に、上下左右の部屋の客が偶然、窓の外を見る可能性はゼロではありませんし、事件発生後の捜査の過程で、そういう証言が出てくれば、犯人がいた船室の範囲はかなり絞られてしまいます。

一方、オープンデッキには船首近くと船尾近くの左右、合計四箇所に監視カメラがありますし、七階の客室の窓から目撃される可能性もかなりあります」

「たしかにそうですね。凶器については分かりました。では指紋はどうなんですか？」

「指紋は証拠として決定的なものです。しかし犯人の過去に犯罪歴がなければ、指紋は警察機関に登録されておらず照合できませんし、このケースでは事件が発覚した時には犯人はすでに船から去っていますから、問題ありません。

もし指紋を残さないよう万全を期すなら、被害者が自分の部屋に帰ってくるまで、犯人は手袋をつけてエレベーターホール付近で待っていなければなりませんが、他の客に見られた場合、これはむしろ印象に残ります……問題文には『残暑の厳しい』と記されているので尚更です」

「そうか、このケースの場合、指紋よりも、犯人の風体が他の客の記憶に残ってしまう方がまずいというわけですね。でも、それだったら翌朝は犯人も『Don't Disturb』のサインを出して、下船するまで共犯者の部屋に潜んでいた方が、目立たなくてよかったのではないですか？」

「それも一理ありますが、『Don't Disturb』がドアに貼られた部屋で殺人が起こったわけですから、捜査の過程で、警察は当然、他にサインを出していた部屋がなかったかを調べると思います。

この船では、訪問先への寄航日に寝坊する人はほとんどいないそうですから、サインは逆に目立ちます」

「なるほど、納得しました」

初老の男は首肯した。

私からもいいですか、と小野寺が発言を求めた。

「かつては、指紋が最も重要な証拠でしたが、DNA鑑定など科学捜査が発達した現在では、皮膚片や毛髪でも、指紋と同レベルの証拠になります。つまり手袋をしたり、素手で触ったところを丹念に拭き取ったりしたとしても、髪の毛一本が現場に残ってしまったら、元も子もないということです。

それらの痕跡を全く残さずに犯行を行うのは相当難しいですから、逆に証拠が残っても構わないトリックを考えるべきじゃないでしょうか。そういう意味で、この問題Cはとてもいいと思います」

「おお、ようやく小野寺さんも、ミステリーの面白さが分かってきたみたいだね。ぜひこれを機に沢山読んでください。まずは手始めに私の『美少女探偵シリーズ』を全て読破することをお勧めします」

気の利いたコメントを発した編集者に、高沢はここぞとばかり自著を押しつけたが、「そのうちに」とやんわりかわされた。

代わりに町田が「私からも」と手を挙げる。

「このままでは、犯人がまんまと犯行を成し遂げてしまうことになりますね。私としては、最終的には犯罪者が捕まって欲しいという願望があるんですけど、もし犯人が特定されるようなミスをおかすとすれば、どんなことが考えられますか？」

高沢は、その点については全く考えていなかった。

だが、ミステリーとして、どう決着させるかは当然、考えておくべきことだ。参加者ではなく、メンバーからの難しい質問に、高沢は「う～ん」と腕を組んだが、即座にいいアイデアが浮かぶものではない。

「そうですねぇ、この場合、犯人は完璧にやってのけたと思ったんだけど、思いもよらないところに綻びがあって、それがきっかけで後日、乗客のすり替えが発覚する……なんていうのがいいように思います。すぐに具体的な案は思い浮かびませんが……」

それを察した桜木が「事件を決着させるための、何かいいアイデアはありませんか？」と、客席に問いかけた。

あまりに唐突なので、会場は沈黙したままだったが、ほどなく先程、質問した初老の男の隣に座っている、妻と思われる女性が、おそるおそる手を挙げた。

「あのう、写真に偶然、犯人の顔が写っていたというのはどうでしょう。この船には専属のカメラマンが乗っていて、船内で行われるイベントの様子や寄港地に上陸した時など、いろいろな場面で乗客を撮影してますよね。

それらの写真は、六階のフォトサービスのお店の前に貼り出してあって、気に入ったものを買えるようになっています。その中に私たち夫婦が高知の埠頭から観光に向かう時の写真もあったんですが、撮られたのは気づきませんでした……」

「なるほど、カメラマンが撮った中に偶然、犯人が写ったのも交じっていて、警察が地道に照合した結果、乗客でないことが判明するというストーリーですね。可能性はありますが、犯人が写真に撮られないよう注意していれば、避けられるような気もしますね」

「やはりダメですか……」

女性は残念そうだったが、「そんなことないですよ」と倉崎が割り込んだ。

「プロのカメラマンが構える大きな一眼レフカメラだったら、とっさに顔を背けることはできるかもしれないけれど、それだけでなく多くの乗客も何かにつけて携帯やコンパクトカメラで写真を撮ってるんですよ。その数たるやハンパじゃないです。

そのどれかに犯人の顔が写っている可能性はかなり高いんじゃないですか？　犯人は犯行の翌朝、早々に部屋を出た後、名古屋に着くまでの間、船内のパブリックスペースで時間を費やしているわけですから……」

「ちょっといいですか」

何かひらめいたらしい小野寺が、参加者に問いかけた。

「この場にいらっしゃる皆さんは高沢さんのファンですから、今回のクルーズ中に、船内をうろついている高沢さんの姿を写真に収めたという方もいらっしゃると思います。撮った方は、手を挙げていただけませんか？」

皆、躊躇しているようだったが、「肖像権がどうのとか一切、問いませんから、お願いします」と促され、おそるおそる手が挙がりはじめた。

その数は結局、参加者の約三分の二ほどにもなった。

「ええっ、私を撮ってる人がこんなにいたとは！　今どきは、どこで誰に写真を撮られてもおかしくないってことですね。認識を改めなくてはなりません。

警察が殺人犯を追うのであれば、乗客全員に協力を仰いで、本来いるはずがない一人を割り出すことができるかもしれません。事件を解決する手段の候補に十分なり得ます」

高沢は女性に改めて礼を述べ、問題Cは終了した。

16

「さあ、いよいよファイナル、問題Dです。最後は、やはり先生の大ヒットシリーズ、『美少女探偵』にちなんだ問題ですね。よろしくお願いします！」

桜木の言葉を受けた高沢は、申し訳なさそうに頭を掻く。

「えー、せっかく盛り上がる前フリをいただいたのに申し訳ないんですが、実は謎解きはAからCまでの三つがメインで、この問題Dはついでというか、おまけみたいなものなんです。ですから、答えが分かったら少々ガッカリするかもしれません」

問題D　消えた美少女探偵

スガモは、ボスと共に豪華客船、斑鳩に乗船することになった。

ボスのクルーズの目的は、恐妻から逃れ、愛人との濃密なひと時を過ごすためだ。

スガモはボスから「ユナという探偵を見つけ、目を離すな」と指示を受けた。このところボスの周辺を嗅ぎ回っているという。

用心深いボスは、浮気相手と部下のスガモをカップルとして同室で予約し、自身は一人旅を装っている。

ところが、どこで情報を仕入れたのか、ユナも斑鳩に乗船しているらしい。

ボスは愛人と過ごすのは自分の船室（スイート）と決めているが、夜、二人でバーに行くことはあるので、スガモに、ユナを監視しその行動と居場所を逐一報告するよう指示した。写真のユナは美しい少女だった。およそ探偵らしくないが、ボスによると、これまでに数々の難事件を解決した実績があるという。

客の多くは高齢者だったが、船は広く、少女はなかなか見つからなかった。出航して数時間後、ようやく階上の見晴らしのよいカフェで発見した。高校生、ひょっとすると中学生でも通るような小柄で華奢な少女だ。彼女には高齢女性の連れがいた。ごく平凡な容姿で、これといった特徴がない。報告すると、見張るべきは少女の方。老女は船旅の保護者（未成年者のみの乗船は不可）にすぎないから放っておけと言われた。

ユナと連れの老女が宿泊する部屋は八階で、船内のレストランやショップなどの施設の利用、オープンデッキに出るときもほとんど行動を共にしていた。

夜は別行動のこともあったが、ユナは終始、船旅を楽しんでいる様子で、調査をしているようには見えなかった。

明日の朝には帰港という、クルーズ四日目の夜、二人は十一階のカフェでソフトドリンクを飲みながらおしゃべりしていたが、老女が先に腰を上げた。

スガモはボスの指示通り、少女を見張る。

ユナはしばらくジュースを飲んだり、持っていた文庫本を読んだりしていたが、十時になった頃、おもむろに立ち上がり、カフェを出た。

各階の通路や階段にはほとんど人気がない。スガモは怪しまれないよう距離をおきながら追跡する。

Tシャツにジーンズ姿の少女は、ゆっくりと船の前方のエレベーターホールから階段を降りた。ローヒールのパンプスがコツコツと音を立てる。

八階まで降りた少女は、船内の左右に二本ある通路のうち、右舷側の通路を船尾方向に向かった。

自分の船室に戻るのかと思いきや、そのまま通り過ぎ、最後尾のドアを開けて八階の船尾に出た。暗い海をしばらく眺めた後、今度は左舷側の通路を船首方向に向かった。

中央のエレベーターホールでしばし腕時計を見つめた後、さらに階段で下に降りた。

七階に降りたユナは、再び右舷側の通路を後方に向かったが、船尾のエレベーターホールの手前で突然、走り出した。

ふいをつかれたスガモは慌てて後を追ったが、エレベーターホールで少女の姿を見失った。

階段で上か下の階に行ったのかとも思ったが、その気配はない。二基あるエレベーターのうち一基は八階に停止中で、もう一基は十階あたりを下に向かっている。

次いでスガモは左舷側の通路を一瞥したが、船首方向、船尾方向共に姿は見えなかった。

となると、残るのはオープンデッキ。七階の各エレベーターホールには左右にオープンデッキに出るためのドアが設けられている。

右舷側は風上で風が強いためロープが張られ「閉鎖中」の札がかかっている。外には出られない。

スガモはすぐに左舷側のドアを開けて外に出た。

だが、オープンデッキのどこにも少女の姿はなかった。

念のため、中央のオープンデッキ出入口の傍にある喫煙所でタバコを吸っていた男に少女のことを尋ねたが、「見ていない」とのことだった。

尾行は断念せざるを得なかった。

状況をボスに連絡しようとしたが、洋上航行中のため携帯は圏外。仕方ないので、ボスと愛人がいる一階下、六階のクラブに急ぐ。

クラブの入口近くにユナともう一人、三十代くらいの女が佇んでいた。

その目鼻立ちから連れの老女（と思っていた人物）に違いない。メイク、ウイッグそして服装で高齢に見せかけていたのだ……完全にしてやられた。

少女の可愛い口が開いた。

「私たちの監視のお役目、ご苦労様。でも残念ながら、あなたのボスの浮気の証拠はバッチリ押さえたので、悪しからず」

スガモは、ユナは陽動で、ボスを見張っていたのは連れの方だったと理解した。

問題 ユナはどうやってスガモの追跡を逃れたのか？
ヒント「現場が船の七階であること」

17

「ヒントの通り、これは七階でのみ可能なことなんですが……。皆さんの中で、ユナがどうやって追っ手の追跡を逃れたか、分かった方はいらっしゃいますか？」

高沢の呼びかけに三人が挙手したので、順番に答えてもらう。

一人目の答えは、ちょうど七階に停止していたエレベーターで別の階に移動し、スガモがエレベーターホールに来たときには、すでにその階で停止していたというもの。

「これはちょっと無理だと思います。船内通路の各ブロック間の距離を考えると、スガモがエレベーターホールに至るまでにかかった時間は、せいぜい七、八秒です。

この船のエレベーターは動作がゆっくりしているので、たとえ七階に箱があったとしても、八階に移動して停止しているということはないでしょう。もう一基は上の階から下に向かっているので対象外です」

二人目の答えは、シンプルにエレベーターホールから階段で上または下の階に逃げたというもの。船内の床はすべてカーペットで、靴音はしないので可能ではないか。

「可能性がなくはないですが、階段のエッジの部分は金属なので音がしますし、問題文にも『パンプスがコツコツと音を立てる』という記述があります。

階段部分は空間が空いていて、手すり越しに上と下を覗くこともできます。問題文には『その気配はない』と記述していますし、この方法は七階である必要はありませんので、不正解です」

三人目の答えは、エレベーターホール傍の出入口からオープンデッキに逃れたユナは、中央の出入口まで走って再び船内に入ったというもの。

「たしかにオープンデッキは七階だけですね。しかし中央の出入口までは五〇メートル以上の距離がありますから、パンプスでは中央出入口に到達する前に、スガモに見られる可能性が高いですし、俊足だったとしても、タバコを吸っていた人に目撃されてしまいます。一応、問題文の記述は全て正しいという前提です。

ちなみにオープンデッキには、沖合いから小さな港に乗客を運ぶテンダーが格納してあって、その揚げ降ろし作業用のはしごを登って身を隠すなどの方法もあります。ですが時間に余裕がないので、これも無理だと思います」

参加者同士で「だとするとどこなんだ」「残っている場所はないな」といった会話が交わされる。

「おまけの割には、思いのほか難しいようですね。他に、どなたかいらっしゃいませんか？」

桜木の声に誘われるように、若い男が手を挙げた。

「少女はなんらかの方法でスタッフのカードを入手していて、最寄りの部屋、あるいはスタッフオンリーのドアを開けて隠れた、なんてことはないかな？」

高沢は思わず「ああっ！」と声を上げた。

「それは見落としてました。スタッフのカードを入手するのは、実際にはかなり難しいですし、リアリティ重視のミステリーでは納得のいく説明が必要ですけど、美少女探偵だったら『クルーズ中に仲良くなったスタッフに頼んで、ちょっとだけ借りた』なんて一文を挿むだけでＯＫですからね。私が考えた答えとは違いますが、これは正解としていいでしょう」

すかさず桜木が「皆さん拍手！」と煽り、参加者は若い男を称えた。

落ち着いたところで、桜木は改めて客席に問いかける。

「高沢先生が考えた答えは、別にあるようです。分かった方がいらっしゃらなければ、そろそろ答えを発表していただきたいと思います……」

ミステリー作家が「では」と口を開こうとした刹那……。

「はい！」

申し合わせ通り、あの女性が手を挙げる。

このトリックを思いついたのは彼女なのだから、正解を披露する栄誉はその本人に帰すべきだ。

昨夜、ラウンジバーで別れ際、高沢がそう提案したところ、彼女は快諾してくれた。

あの時、とりわけ魅力的に感じたのはアルコールのせいだと思っていたが、今は「違う」と断言できる。

彼女こそ自分に相応しい女性だ。

「私の船室は、問題文の現場と同じ七階なんですが、この階はドアの配置がユニークなんです。他の階の船室は、通路に平行にドアがついている普通の造りですが、七階だけはドアに角度がついていて、隣の部屋とドア同士が多少、向かい合うような配置になっています。つまり、二つのドアの部分はくぼみになっているんです」

女性に同意を求めるように見つめられた高沢は静かに頷き、「どうぞ続けてください」と先を促した。

「あからさまなくぼみではないので見落としがちですが、その部分に細身の人が身体をピタッとくっつけると、通路の少し離れた場所からは死角になって見えなくなるんです。友人が船室のドアを閉めるのを少し離れて見ていた時、身体がかなり隠れることにたまたま気づきました。それで一番くぼんだ所にまっすぐ立ったら、完全に見えなくなるんじゃないかと思い、友人と試してみたところ、予想通りでした」

隣に座る友人と思しき女性が「はい、そうでした」と首肯する。

「ユナは小柄で華奢という記述がありましたし、Tシャツにジーンズというタイトな服装ですから、エレベーターホールのすぐ近くのくぼみでさえなければ、完全に姿を隠すことができました」

高沢は、さらに大きく頷いた。

「よもや通路に隠れる場所などないと思っている追跡者は、ほんの一瞥をくれただけで、通路に少女はいないと判断し、オープンデッキに出ていき、捜し回ったというわけです。その後、少女は余裕を持って階段を下に降り、連れの女性と合流しました。この答えはいかがでしょうか？」

「完璧です！」

小説家の歓喜の声に呼応するように、参加者から大きな拍手が起こった。

18

「高沢のりお先生を囲んでの座談会も、そろそろお開きの時間です。

皆様は、先生と共に新しいトリックが作り出される時間と空間を共有し、それが解き明かされる場に居合わせるという貴重な体験をされました。ミステリーの世界を、存分にお楽しみいただけたのではないでしょうか。

最後に、高沢先生より皆様へご挨拶をいただきたく存じます」

桜木の言葉を受け、高沢はマイクを手にステージの席から立ち上がった。

「このたびは、ミステリークルーズに参加いただき、ありがとうございました。私はこのような豪華客船の旅は初めてでしたので、正直なところ、期限内にこの船ならではのトリックができるかとても不安でした。

幸いこの壇上にいる四名の同行者や、船のスタッフの方々の助けもあって、四つの問題を作ることができました。座談会も、皆さんに積極的に発言していただいたおかげで、とても盛り上がり、私自身もいろいろと勉強になりました。機会があれば、またこのような企画をやりたいと思います。

それから、えっと……お配りした四つの問題文とこの会で披露した解答は、今後の私の小説に反映したいと考えていますので、くれぐれも、絶対に、後生ですから、口外しないようお願いします」

この挨拶で座談会は盛況のうちに終了したが、その後も多くのファンが持参した単行本や文庫本へのサインを求めたり、今回の四つの問題について質問したりしたので、高沢が解放されたのは深夜遅くだった。

翌朝、横浜に帰港する前、船内のカフェで高沢は町田、小野寺の二人と打ち合わせを行った。

その結果、問題AとBをベースにした短編小説を春花秋桃社、問題Cをベースとしたものを翔仁社のために執筆することで合意し、それぞれが出版している月刊誌に掲載することになった。問題Dは、丸山出版から出版されている「美少女探偵シリーズ」の一編とすることで了解してもらった。

なお昨夜の座談会で、小説の一助となる発言をした参加者については、各作品の最後に謝辞をつけることとした。

「原稿をあげていただく期限なんですけど、今月中に最初の一つ、来月の末までに二つめをお願いします」

「では、来月半ばくらいまでにこちらの分をお願いします」

「ずいぶんタイトだなぁ……ふぁああ～」

眠さのあまり、喉の奥が見えそうな大欠伸をした高沢に、小野寺は醒めた口調で釘を刺す。

「我々が費用を負担して、優雅な旅行を楽しんだわけですから、その分はちゃんと働いてもらわないといけません」

「なんなら、当社ご自慢の『創造の部屋』をご提供いたしますよ」

町田の目がにぶく光る。

「うわっ！」

それは春花秋桃社内にある、締め切りが厳しい小説家に提供される、机と椅子とシングルベッドがあるだけの、いわゆる缶詰部屋。

それは勘弁願いたい。

「原稿、鋭意努力します……」

現実を突きつけられ、思わずため息をついた高沢だったが、旅はまだ終わっていない。

昨夜、イベント後で例の女性から手渡された封筒には、次の一文が記された便箋が入っていた。

「帰港後、改めてお会いしたいのですが、いかがでしょう？

十時半〜十一時、みなとみらいのカフェでお待ちしています。

叶わなければ、ご縁がなかったということで……」

まるで小説のような展開。ここは万難を排して彼女と会わねばなるまい。

19

午前十時前、横浜の大さん橋に接岸した斑鳩を下船すると、高沢はあからさまに不満を表明する小野寺に自分のスーツケースを押し付け、単身、横浜みなとみらいに向かった。

十時五十分、指定されたカフェにたどりついた高沢は、窓際の席にその姿をみとめた。明るい日差しに包まれた姿の、なんと神々しいことか。

彼女もすぐに気づいたらしく、こちらに笑顔を向ける。

「誘われるまま、やってきましたよ」

「わざわざご足労いただき、ありがとうございます。どうぞ……」

高沢は女性と向かい合って座った。

高ぶる感情を押し殺し、つとめて平静を装う。

テーブルには、彼女が注文したコーヒーのカップと小さなミルクピッチャーが載っている。

スタッフがメニューを持ってきたが、見ることなく「こちらと同じものを」と答える。この際、飲み物などどうでもいい。

「と、とにかくありがとう。あなたの協力のおかげで、ファンとの交流会に四つめの問題を提供することができました。それから、二つめの問題の時も助けてもらったし……感謝しています」

「お役に立てて何よりです。クルーズ、楽しかったですね」

「はい。前にも言ったと思うけど、船旅なんて初めてのことだったし、クルーズの間にトリックを考えるなんて、一体どうなることかと危惧していたのだが、探してみるといろいろとネタはあるものですね」

「ええ。超能力とか超常現象とか、非現実的な設定を持ち出さなくても、まだまだトリックを作る余地があることが分かりました」

その台詞は、旅行を通じてまさに高沢が痛感したこと。彼女のミステリーへの造詣はただならぬものがある。

頭脳明晰、ルックスも申し分なく、何より高沢のファンだ。

自らこの場をセッティングしたのは、高沢の告白を待っているということ以外に考えられない……千載一遇のチャンス、逃してはならない。

高沢は、テーブルに置かれたばかりのコーヒーを一気に飲み干した。

「あなたと私は嗜好も同じようだし、気が合うことは疑いようがない。だから、これからも親交を深めていきたいと思うのだが……」

「はい、私も同じ気持ちです」

一瞬、はにかんだように見えた。

「できれば、その……作家とファンという立場を超えた関係になれないものかな？」

「それは私とおつきあいをしたい、という意味ですか？」

「まあ、平たく言うとそういうことなのだが……」

僅かに目を逸らした女性は、呼吸を整え、再び高沢を見据える。

「申し訳ありませんが、それはできかねます」

カラフルに彩られていた高沢の頭の中は、瞬時に漆黒へと転じた。

全ての状況が「イエス」という答えを暗示していたのに、まさかの拒絶。

理由が分からず茫然とする高沢を憐れむように、女性は言葉を継ぐ。

「仕事上のライバルとおつきあいするわけにはいきませんので」

「えっ、ライバル？　それってどういう意味……」

答える代わりに、女性はバッグから取り出した名刺を差し出した。

そこに記されていたのは……。


「ミステリー作家　天現寺憂」


ああ、なんてことだ！

よりによって、あの「美少年探偵」の作者が目の前の女性だったとは！

衝撃のあまりフリーズしかかった頭脳をなんとか動かす。

「で、ではなぜ、ライバルである私のミステリーツアーに参加したんだ？」

少々切れ長の目が、冷たく光る。

「一番の理由は、好奇心でしょうか。ミステリーの先達である高沢のりおがトリックを構築するプロセスが間近に見られる、またとない機会ですから。

それともう一つ、この企画が発表された際、先生は『本格的なクルーズは今回が初めて』と記してました。私も未経験でしたから、同じ条件で勝負してみたいという気持ちもありました」

なるほど、それは理解できるが……。

「ではなぜ、私にネタを提供する……いわば敵に塩を送るようなことをしたんだ？」

整った顔が薄ら笑いを浮かべる。

「あれですか。私は三日目の夜に先生とお会いしたあの時点で、すでに十分、一冊分になるトリックを見つけていたんですよ。ですから、友人の力を借りて三つしか見つけられていない先生に一つ、お譲りしたというわけです」

天現寺から提供された四つめのトリックは昨晩、高沢が考案したものとしてファンの面前で公表してしまっている。次回の「美少女探偵」に載せないわけにはいかない。

それが実はライバル作家から譲られたものとは、屈辱と言わざるを得ない。

「……意味深な手紙でこの場に誘ったのは、私をその気にさせておいて、どん底に突き落としてあざ笑うためなのか？」

かろうじて尋ねると、天現寺は静かに首を横に振る。

「まさか、私にはそんな悪趣味はありません」

「では、なぜ？」

「ここまで来て身分を明かさないのは失礼にあたりますし、ミステリーのよきライバルとして、共に頑張っていきたいとお伝えしたかっただけです」

「そうか……」

筋は通っている。要するに高沢が勝手に舞い上がっていただけということだ。

「私はもともと高沢のりおという作家に憧れて小説を書くようになりました。ですから『美少年探偵』は『美少女探偵』へのオマージュを込めているつもりでした。正直、仕事上はライバルだとしても、もしご縁があったら……なんて思わないでもありませんでした。先生があんなことをおっしゃるまでは、ですけど」

「あんなこと……なんのことだ？」

気に障るようなことを口にした覚えはないが……。

「先生が私のことを、『キモい中年男だとばれるのがイヤだから、覆面作家をやってる』と決めつけたことです」

「あっ」

たしかに身に覚えがある。

「あれは三重にショックでした。第一はもちろん、天現寺憂をキモいと断じたこと。

第二は、若い女性作家は皆、BLを描きたがるという偏見があること。

第三は、『美少年探偵』のストーリーや文体から、著者は若い女性作家を真似た中年の男であると、極めてお粗末な推理をしたこと」

「い、いや、それはつまり、私は天現寺さん本人を知らなかったわけだし、『美少年探偵』は私に対する露骨な挑戦だと思っていたから……言うなればあれは言葉の綾というやつなのだよ。本心はむしろ逆というか……」

弁解を試みようとしたがあきらめた。

なぜ、船のカフェで高沢が口にした不用意な発言を天現寺が知っているのか分からないが、今さら何を言っても後の祭り。

高沢の旅は、失意のうちに幕を閉じた。

20

「締め切り前に原稿を上げていただき、ありがとうございます。『証拠だらけの殺人現場』は、予定通り弊社の月刊誌『読人の壺』の来月号に掲載させていただきます」

クルーズから一ヶ月ほど経って高沢宅にやってきた小野寺は、少々大げさに頭を下げる。

「誰かさんが企てた陰謀のおかげで、とても船旅を満喫するどころではなかったが、ツアー参加者への問題という形で、すみやかにプロットができたことについては感謝してるよ」

嫌味を込めたつもりだが、相手は涼しい顔で続ける。

「巻頭のグラビアでは、クルーズ中のイベントの様子を紹介しますし、その内容もインタビュー形式で掲載しますから、来月号はまさに高沢のりお特集です」

「それならまあ、苦労した甲斐があったというものだよ、うむうむ。……あ、そうだ、三ヶ月後に丸山出版から『美少女探偵』の最新刊が出る予定なんだけど、イベントで発表した問題Dをベースにした短編も入るから、そのことをぜひ、記事に含めておいてくれたまえ」

「分かりました。ライバル大手から出る本ですが、弱小の弊社としては謹んで協力させていただきます。それにしても高沢さん、他はともかく『美少女探偵』シリーズだけは筆が進むんですね」

先ほどのお返しとばかり、小野寺の言葉には棘がある。

「まあ、私にとって一番の稼ぎ頭ではあるし、主人公のユナはお気に入りのキャラだし……それに『美少年探偵』という強敵も現れたからな。せっせと書かざるを得ないということなのだよ」

「たしかに『美少年探偵』には勢いがありますし、若年層を中心に着実に読者も増えているようですから、高沢さんといえども、いつまでも枕を高くして寝ていられないということですか。それにしても天現寺さんの件、もともと高沢さんのファンだったのに……返す返すも残念でした」

「え？」

思わず編集者の顔を凝視する。

「どうして……」

天現寺との経緯を知ってるんだ？　と言いかけて、高沢は口をつぐんだ。

覆面作家というのは、あくまで世間一般に対して正体を明かしていないということであって、著作を扱う出版社の者なら素性を知っていてもおかしくない。

小野寺はクルーズ中、業界のルールに則って、高沢に対しては知らん顔を決めこむ一方、天現寺には高沢の言動を面白可笑しく伝えていたことは想像に難くない。

当然、「美少年探偵」の作者はキモい中年男である、と高沢が断じたことも話したに違いない。

高沢にとって屈辱的な下船後の顛末は、天現寺本人から聞いたのだろう。

深いため息とともに、高沢は胸の内でつぶやいた。

「思わぬ伏兵に足をすくわれるとは、まさにこのことだな」

ドライブは
旧き良きクルマと
ともに！

登場人物

深川隆哉――映像作家
園部芳明――警察官僚
倉崎修一――デザイナー
近藤義男――近藤モータース経営者
遠藤信二――近藤モータース従業員
高沢のりお――ミステリー作家

序

探し求めていたクルマが目の前にある。
三十年落ちだが色褪せてはいない。
今どきとは違う控えめなエレガントさ。
とはいえ今乗っているクルマも捨てがたい。
手放してまで買う価値があるか。
試乗して動作の確認はした。
問題はなかった。
しかしいつどこが壊れてもおかしくない。
逃せば二度と機会がないかもしれない。
迷いだしたらキリがない。
よし、決めた！
私は心の中で気合を入れた。

1

深川隆哉（ふかがわたかや）はフリーの映像作家。

「実験的で前衛的な映像コンテンツの創造」をライフワークに掲げているが、その成果は生活の糧にはならない。

普段はイベントやCMの収録、企業のプロモーション制作、環境映像など、依頼に応じてそつなく仕事をこなす。

独り、あるいは助手と二人でロケに赴く場合は、以前から所有しているスズキ ジムニーシエラ（小型のSUV）を利用し、大人数の場合は、他のメンバーのクルマに同乗したり、レンタカーを利用したりする。

ある時、知人のカメラマンが担当した国内タイヤメーカーのCM撮影に応援で参加したのをきっかけに、クルマ（四輪車）にハマってしまった。

撮影は速度制限がないサーキット、箱根界隈の有料道路、情緒溢れる地方の港町、整備された広域農道など様々な場所で行われた。広告のタイヤを装着する自動車はポルシェ、メルセデスAMG、BMW Mモデル、マセラティ、アストンマーティンなど、自分とは無縁の高級スポーツカーばかりだった。

撮影の合間にプロドライバーの運転を助手席で体験し、僅かな時間だが自らハンドルを握らせてもらった。

そんなこともあり、深川自身も「走るためのクルマ」を所有したくなった。

近年の乗用車は大衆車から高級車に至るまで、総じてデザインが派手だ。

ボディの造形が妙に複雑で、フロントグリルは「これでもか！」とばかり押し出しが強く、その真ん中にメーカーあるいはブランドのエンブレムがでかでかと鎮座している。人目は引くが、デザインがいいとは思えない。

従来のスタイルを踏襲していると思えるクルマはポルシェくらいだが、中古でも高価で手が出せそうにない。

結局、入手できる価格帯で走行性能やデザインが一応、納得できるトヨタ86に決め、三年落ちのMT（マニュアル・トランスミッション）の中古車を購入した。

深川は、知人のカメラマンが撮影を担当し、インターネットやCSで配信する「こだわりのクルマを紹介する番組」のスタッフとして、積極的に参加するようになった。

カーマニアの自宅や、レアなクルマをレストアするショップを取材するうちに、深川の興味は次第に「最近の高性能車」から「一時代を築いた旧車」へと移っていき、ネットなどで情報を調べはじめた。

特に惹かれたのは、とあるクルマ収集家を取材した際に撮影したBMW3・0（コードネームE9）というクーペモデルだった。

逆スラントのフェイスに伸びやかなボディライン。各ピラー（窓と窓との間の柱）が極限まで細く、室内は開放感に溢れている。

検索すると、残念ながら高額のレストア車しかヒットしなかった。

知人に話すと、「E9は無理だろうが、その後継ともいえるE24なら、手の込んだレストアを施さず、走行可能な安い個体があるかもしれない」という。

コードネームE24は一九七六年に生産が始まり、八九年に終了。とても長い間、作り続けられたクーペで、初代6シリーズと言われる。

そのスタイルはE9を踏襲し、豪華さを増したもので、「世界で一番美しいクーペ」と賞賛されたデザインは、その後、各メーカーが世に送り出すクーペの手本となった。

深川は情報を集め、販売店に足を運んだ。状態が極端に悪かったり、レストアされた高額なものだったりで、なかなか食指が動かなかったが、根気よく探し続け、ついに都内郊外の小さな中古車ディーラーでおあつらえ向きの一台と出会った。

ボディカラーはメタリックのダークグレー、車検と登録諸費用を別にした車輛本体価格は八十万円。

試乗した際、今どきのクルマとハンドルを切ったときの応答が微妙に異なるのに気づいた。ディーラーの人によると、現行のほぼ全ての乗用車はラック＆ピニオンと呼ばれるステアリング方式を採用しているが、これはウォーム＆ローラーという古風な方式ということだ。

これだけでも買う価値がある。

惜しむらくは変速装置が四速のＡＴ（オートマチック・トランスミッション）で、ギアチェンジが楽しめないことと、無骨な衝撃吸収バンパーが採用されている後期型モデルのため、それ以前の金属製バンパーの流麗さが損なわれていることだった。

だがそれは些細なことだ。

意を決した深川はトヨタ８６を売却し、その代わりに三十年落ち、一九八八年製の旧いＢＭＷ６３５ＣＳｉ（コードネームＥ２４）を購入した。

二ヶ月間は至福だった。

かつて自動車関係者やファンから「シルキーシックス」と賞賛された直６（直列六気筒エンジン）は、なんともすばらしい。所有して、初めてその比喩を理解した。

エンジンを始動してしばらくは排気音は野太く振動もあるが、三十分ほど経過したあたりから文字通り絹のように滑らかになり、アクセルを踏むのが快感になる。

無論、８６の方がずっと加速がよく、速く走れる。コーナリングも安定している。ブレーキの利きも格段にいい。エアバッグなどの安全装備も整っているし、ＩＴ端末とのインターフェイスも便利だ。

635はただ古いだけなのだが、のんびり走っているだけでなんとなく楽しく、おおらかな気分になれる。所詮、一般道は時速六〇キロ、高速道路でも一〇〇キロ制限と割り切ってしまえば、ハイパフォーマンスの必要はない。

もっとも、長い年月が経過しているにもかかわらず、消耗品以外はボディのオールペイント（全塗装）くらいしか手が入れられていないので、そこかしこが傷んでいる。

十連装のCDチェンジャーは反応せず、情報パネルは電光表示がほとんど見えず、ラジオはAMのチューナーだけがかろうじて生きているという有様だ。

プラスチック製のダッシュボードはあちこちにひび割れを生じているし、電動シートも作動しない箇所がある。

エアコン（冷房）のスイッチは入るが、冷気は出てこない。温暖化が加速するこのご時世、夏場の暑さにはとても耐えられないだろう。

燃費も悪い。高速ではなんとかリッター八、九キロくらいまでのびるが、一般道ではせいぜい三、四キロしか走らない。エコとは真逆だ。

だが、それは覚悟の上。

「そんなことはどうでもいい」と言い切れるほど、このクルマは魅力的だった。

深川は愛車を知人に自慢したくなった。

まず連絡したのは園部芳明……警視庁、警務部に所属する官僚で、大学時代からの親友だ。

休日、深川宅を訪ねてきた園部は、駐車場で実物を見るなり心底呆れた顔をする。

「何を好き好んでこんな古ぼけたものを……あえて86を手放してまで買うものなのか？　いつ故障してもおかしくないし、幹線道路で立ち往生されたら他のドライバーにとってもいい迷惑だ」

こんな調子で散々悪態をついたが、彼が住む港区のマンションまで助手席に乗せてやると、見方はいくぶん変わった。

「まあ、三十年経ってるとは思えないほど乗り心地はいいし、クラシカルなスタイルも逆に目を引くな。このクルマには熟成したワインのような味わいがあるよ」

深川はワイン好きだ。自宅に備えた大型のワインセラーには、こつこつ買い揃えた百五十本ほどのコレクションが収められている。

友人のこの喩えは、ワイン愛好家でもある自分への最大級の賛辞と受け取った。

「分かってくれて嬉しいよ。そのうち、三浦半島あたりまでドライブしようと思ってるんだが、よかったら一緒にどうだ？」

「ああ、その時はぜひ誘ってくれ」

マンションに入っていく園部を見届け、深川は帰途についた。

連絡したもう一人はフリーデザイナーの倉崎修一……深川が制作する映像コンテンツの撮影ロケや編集作業を時々、手伝ってくれている。

自動車好きなことは、これまで交わしてきた会話からも明白だ。

「BMWの6シリーズを買った」

電話で伝えると、意に反して「そんな高級車が買えるなんて、ずいぶん羽振りがいいんですね」と、そっけない言葉が返ってきた。

「もちろん中古だ」と釈明したが、「それでも数百万はするでしょ」と冷ややかだ。

さらに倉崎は追討ちをかける。

「あれって押し出しは強いけど、そんなにデザインがいいとは思えないんですよね。内装は成金趣味としか言いようがないし、ボディサイズがやたらとでかい割には後席には大人は乗れないほど室内が狭いし、どうせ大金を出してクーペを買うんだったら、ジャガーとかの方が深川さんのキャラに合ってますよ」

言いたい放題だが、根本的な誤解があるようだ。

「車検、諸費用込みで百万円以下の古いクルマなんです」

ええっ、と倉崎は上擦った声を上げる。

「もしかして初代6シリーズ……E24ですか？」

「はい」

「おおっ、さすが深川さん。やはりものの価値が分かる人は違いますね」

ついさっきとは打って変わり、今度はひとしきり褒めちぎった。

これまで所有していた86を売って、これを買ったというと、さらに「すばらしい」を連発する。

倉崎は二十年落ちのBMW3シリーズ、コードネームE36のクーペを所有している。

「私も昔から初代6シリーズに憧れていたんですが、値段とコンディションが折り合うものがなくて……結局、経済性とかを考えて、318にしたんです。でも私のは直4なんですよね……BMWといえばやっぱり直6だから、そういう意味でも羨ましいですよ」

直4つまり直列四気筒エンジンは、かつては小さなクルマ向けだったが、近年は大きめのクルマにも搭載されるようになっている。

倉崎は「そのうち乗せて欲しい」と言って通話を終えた。

2

年が明けてしばらく経った頃、最初のトラブルが発生した。

高速道路をドライブしていた折、途中から雨に見舞われた。ＳＡ（サービスエリア）で軽食をとってクルマに戻ると、雨は上がっていたが、前輪付近の雨に濡れた地面が僅かに七色に光っている。量はたいしたことないがオイル……いやな予感がした。

ボンネットを開けると、はたしてエンジンの一部が汚れている。大事に至る前に処置した方がいいと判断し、ＪＡＦ（日本自動車連盟）のロードサービスに連絡した。

ＪＡＦには以前から入会していたが、利用したのは初めてだ。

高速のＳＡということもあって、到着には一時間ほどかかるという。駐車した場所を伝え、それまでヒマをつぶす。

予定時刻数分前、青と白に塗り分けられたロードサービスのトラックがやってきた。

ＪＡＦの隊員は、開口一番「わっ、このクルマですか！」と笑顔を見せ、ボンネットを開けて中を覗きこむ。

パワーステアリングを作動させるプレッシャーホースが劣化して破れており、そこからフルードが漏れているという。このまま漏れ続けるとパワーステアリングが利かなくなり、ハンドル操作が難しくなる。

とりあえずフルードを充填し、破れた部分にテープを巻くという応急処置を施してもらい、なんとか自宅駐車場まで自走して帰った。

購入した中古車販売店に電話したところ、「ウチは販売だけで、修理は受けかねる」と、にべもなく断わられた。

購入の際にそう言われていたので、ダメもとだったが、やはり無理だった。

知人のカメラマンに古いクルマを専門に扱うショップを紹介してもらってもいいが、その手の店は仕事はきちんとしている分、費用が高くつきそうなので躊躇（ちゅうちょ）した。

ふと、倉崎も古いクルマに乗っていることを思い出した。

裕福とは縁遠いあの男のこと、正規ディーラーではなく、良心的な価格で修理や整備を請け負ってくれる業者を利用しているに違いない。

メールすると「いつも世話になっている近所のクルマ屋だったら、価格の面も含めて相談に乗ってくれるだろう」という。

彼が住む市川までは二〇キロ足らず。出発時にフルードを足しておけば、パワステが利かなくなる前にたどり着くだろう。フルードは、カー用品店で売っているもので代用できるそうだ。

倉崎から聞いた番号に電話をかけると女性が出た。事情を説明し、修理の予約を入れた。

国道14号を千葉方面に走り、教えられた住所に無事にたどりつくと、古ぼけた建物の前で、倉崎が待っていた。

「近藤モータース」と看板が出ているので、かろうじてクルマ屋だと分かる。

屋内には四台、整備中のクルマが入っていたが、まだ数台分のスペースがあったので、そこに停車した。

近づいてきた倉崎は、しげしげとクルマをながめる。

「う〜ん、いいスタイルですね。全体的にはシャープな印象だけど、よく見ると滑らかな曲線が多用されているし、ディテールは大量生産車ではできない丁寧な加工だし、想像してたよりサイズはコンパクトだし……」

635の観察を終えた倉崎は奥の事務所に深川を案内し、経営者の近藤義男（こんどうよしお）と従業員の遠藤信二（えんどうしんじ）を紹介した。会社はこの二人と近藤の妻の三人で運営しているという。

近藤は痩せ型の長身で顔は面長、遠藤は小柄で丸顔……映画やアニメにありそうな組合せだ。

「遠近コンビ」という名が頭に浮かぶ。

クルマを預けた深川は、倉崎の318で自宅まで送ってもらった。ボディサイズは一回り小さいが、車内のレイアウトはよく似ている。特にシートポジションは、自分のクルマと全く違和感がない。一度コンセプトを決めたら滅多なことでは変更しない……頑固なドイツ人らしいが、それだけ自分たちのものづくりに信念があるということなのだろう。

翌日、近藤から連絡があった。

プレッシャーホースの在庫を調べたところ、国内には一個もないので生産国のドイツから取り寄せになるという。すぐに発注してもらい、それまでクルマを預かってもらうことになった。

半月後、愛車は復活した。

3

安心したのも束の間、さらに深刻な故障が起こった。

仕事がオフの平日に近所をドライブ中、信号待ちをしていると、インパネのバッテリーライトが点灯した。

おやっと思ったところで、ストンとエンジンが止まった。

キーをひねっても、セルモーターは全く回らない。どうやらバッテリーが上がってしまったらしい。

訳がわからないが、交通の妨げになるので、とりあえずクルマを移動する必要がある。

たまたまコンビニの前。しかもすぐ近くで道路の補修工事をしている作業員が数人いる。彼らに応援を頼み、クルマをコンビニの駐車場の端に退避させた。

またＪＡＦを呼ぶしかない。携帯から電話し、場所と状況を伝えた。

コンビニの店員に「クルマが故障した」と事情を話したついでに２Ｌペットの茶を数本買い、クルマの移動を手伝ってくれたお礼に、作業員たちのリーダーと思しき中年男に手渡した。

「おう、サンキュー。ＪＡＦ、呼んだのかい？」

「はい、三十分くらいで来てくれるそうです。ありがとうございました」

「困った時はお互い様さ。あのクルマ、相当古そうだし、エンコしても仕方ないよな」

「そうですね……突然、動かなくなっちゃって、訳が分からないです」

「厄介だな。でもさぁ、今のクルマってみんな同じようでつまらないから、苦労してでも乗り続けて欲しいな」

作業員たちに会釈した深川はマイカーに戻り、待機した。

しばらくすると、ＪＡＦのトラックが到着した。

「お待たせしました。おっ、世界で一番美しいクーペじゃないですか！」

今度の隊員もにこやかに挨拶する。

どうやらロードサービスに従事する隊員は皆、心底クルマが好きらしい。

「お世話になります」

頭を下げ、状況を説明する。

テスターで635のバッテリーが上がっているのを確認した隊員は、持参したバッテリーにケーブルをつないでエンジンを始動させたが、ケーブルを外すとすぐにエンストしてしまった。

「バッテリーが完全に上がってます。自走は無理ですから、レッカー移動するしかありません。どこに運びますか?」

バッテリーを新品に交換するだけなら自宅駐車場でもいいが、エンストが唐突過ぎる。他にもまずい箇所があるかもしれない。

やはり専門家に見てもらった方がいい。

近藤モータースに電話すると、修理や車検整備のクルマが何台も入っているが、なんとかスペースを空けてくれるという。

ここからの距離をナビのアプリで調べると約一八キロ。JAFの会員は一五キロメートルまではレッカー代は無料だ。あとの三キロは料金がかかるが、数千円で済むようなので、トラックの助手席に同乗して市川まで運んでもらうことにした。

「原因は何だろうね?」

テーブルを挟んで向かいに座る深川から故障に至る経緯を聞き終えた近藤は、隣の遠藤に意見を求める。

この小さな会社では、近藤が主にエンジンや足回りなど機械的な部分を担当し、遠藤が電装品や車内設備を担当するという棲み分けができているらしい。

「今日、深川さんが出発する時は問題なくエンジンは始動して……つまりセルモーターが回って、プラグもスパークしていたのに、一時間も経たないうちに何の兆候もなくエンストしてしまい、バッテリーが完全に上がっていたわけですよね？」

「はい……」

深川は記憶をたどったが、クルマに乗り込んだ時には異常やその兆候はなかった……と思う。

正常であればエンジンが回っている状態ではオルタネーター（発電機）が作動し、電力がバッテリーに供給されて充電するので、上がることはない。

「この前、クルマをお預かりしたとき数週間かかりましたから、取りに来ていただく前にバッテリーを充電したんです。そのときチェックした限りでは電圧は正常でしたし、気になることはありませんでした。ですから……」

「原因はバッテリーじゃないということですか？」

「違うと思います。おそらくオルタネーターが壊れたんでしょう。あるいは、可能性は低いですが、配線が断線したのかもしれません」

「オルタネーターですか？　でもあれって一番、壊れそうにないものですよね……」

「まあ、滅多に壊れませんけど、何せこのクルマは年数が経ってますからね。オルタネーターの故障がないのは、ほとんどのクルマがその前にスクラップにされてしまうからですよ」

なるほど、そういうことか。

「ものを大事にする」のはこの国の美徳とされるが、ことクルマに関しては全くあてはまらない。作られてから二十年以上経過した乗用車は、諸外国ではざらに走っているが、国内ではその姿を見るのは稀だ。

遠藤は店のバッテリーをつないでエンジンを始動し、その状態でオルタネーターが発電していないことを確認した。

原因は特定されたが、問題はまだ解決しない。三十年を経ているクルマのオルタネーターなど、在庫があるのだろうか？

「調べてもらいましょう」

近藤が自動車のパーツを手広く扱っている業者に電話で問い合わせると、三十分ほど時間が欲しいという。

近藤の奥さんが淹れてくれた茶を飲みながら、連絡が来るまで雑談を交わす。

「深川さんからお電話いただいた時、直感的に、あのクルマだったらオルタネーターだろうなと思いました」

「あのクルマだったら、とは？」

遠藤の意図がよく分からず、深川は問い返した。

「えっと、つまり昔のクルマは電気に依存する部分が少ないから、バッテリーが簡単に上がることはないんですよ」

「ああ、たしかに。今のクルマは便利な機能が満載だけど……ということは、バッテリーのトラブルは昔よりも増えてるんですか？」

「バッテリー自体の性能は上がってるし、大型車は容量が大きいのを積んでるからトラブルはあまりないんですが、小型車は以前より増えていると思います」

近年は軽自動車でもフルオートエアコンを始め、カーナビ、スマートキー、サイドエアバッグ、パワースライドドア、シートヒーターなど、以前の高級車並あるいはそれ以上の装備が付加されている。

さらに燃費を少しでも稼ぐため、信号待ちなどでクルマが停まる度にエンジンが切れるアイドリングストップ機能も備わっている。近い将来、衝突回避機能やハンドル操作をサポートする機能も標準装備になるだろう。

これら全てを電気に頼っているわけだから、バッテリーが消耗するのは仕方ない。

「一般的なガソリン車は、バッテリーと発電機は一個ずつしか付いてませんからね。そこにどんどん負担が集中するのはどうなんでしょう。システムの設計として好ましくないような気もしますけど……」

ほう、と遠藤は感心したような顔をする。

「深川さんは映像関係の仕事をしていると伺いましたが、機械設計にも造詣が深いんですね。俺もそう思いますけど、バッテリーは重いしかさばるから、予備を備えるのは現実的じゃないですよ」

そういえば、と近藤が口を挿んだ。

「倉崎さんが以前、同じようなことを言ってました。クルマにはバックアップという概念がないって。あの人は以前、飛行機の仕事をしていたらしいんだけど、あちらはとことんバックアップなんだそうですね」

「ああ、システムの冗長性のことですね、私も彼から聞きました。多くの飛行機は各系統に幾重にもバックアップ機能を持っていて、一つの機器やシステムが部分的に故障しても飛び続けられるんだそうです」

「クルマは地上を走るだけですから、異常が起きたら止まればいいだけのことだし、バックアップを真剣に考える必要はないということなんでしょう。機構も複雑になりますしね」

「でも、今のクルマは十分すぎるほど、複雑なんじゃないですか？」

「それはそうです。便利な反面、故障の要因が増えているとも言えますし、原因が分かりづらくなっているとも言えます」

「正規ディーラーだったら、疑わしい箇所を総ざらい交換したりするんだろうけど、それじゃ金がかかってしょうがない。俺たちは、金に余裕はないけどクルマが好きなユーザーのためにこの仕事をしてるんで、実際の作業に入る前にきちんと原因を絞り込む必要があるんですよ」

見通しが曖昧なまま作業を始めてしまうと、無駄な部品を発注することになったり、作業時間すなわち工賃が大幅に増えてしまったりするという。

「なるほど。故障車の状況を正確に分析して、そこから原因を推測し特定する……つまり自動車の修理は、謎解きに挑む探偵のような一面もあるんですね」

「そんな大層なものじゃないですよ」

近藤が謙遜したところで電話が鳴った。

受話器を取った近藤は、相手と二言三言会話を交わし、受話器を手で押さえて深川に話しかける。

「新品はありませんでしたが、リビルト品だったらあるそうです。それを手配していいですか？」

リビルト品とは、中古の製品を分解、洗浄し、劣化あるいは壊れた部分を交換して再組立したものだ。もちろん異存はない。

「それでお願いします」

オルタネーターは翌日に届くそうだが、他のクルマの修理や整備が入っており、一週間後に引き渡しということになった。

4

四月中旬の平日、ようやく休暇がとれたという園部を誘い、ドライブに出かけた。

港区のマンション前で園部を乗せた後、霞が関から首都高速に乗り、湾岸線を経由して横浜横須賀道路に入り、観音崎方面に向かう。

都心と羽田空港あたりで渋滞したものの、その他はいたって順調。「横横」に入ってからはかなり空いている。

春の陽気のおかげで車内の気温はそれなりに上がる。エアコンは役にたたないので、送風の風量を増すか、窓を開けることになる。

窓を開けて走るのは気持ちがいいが、高速道路では風切り音がうるさく、隣との会話も大声になる。

「一応、一〇〇キロくらいは出てるんだな」

園部は横からインパネのメーターを覗き込む。

「アクセルはそんなに踏んでないから、その気になればもっと速く走れるだろうけど、クルマに負荷をかけると、またどこか壊れるかもしれないからね。それに、警察の人間が隣に乗っているのに、スピード違反するわけにはいかないだろ？」

「ははは、そりゃそうだ。それにしても普段、クルマの窓を開けて走ることなんてないから、かえって新鮮だ。オープンカーですら、幌をつけて窓を閉めてるのがほとんどだからな。だったら、なんで買うのか理解に苦しむよ」

「オープンエアを楽しみたいというより、単に人と違うクルマを持ちたいってことなんじゃないのかな。俺がこのクルマを買った動機の一つもそうだし……」

「つまり、単に物好きってことか。そんなヤツのドライブに、貴重な休暇の時間をつぶしてつきあってる俺も同類かもな」

「ほぅ、ちゃんと自覚してるじゃないか」

「まあな。お前のせいで、いろんなことに興味を持つようになってしまったから、仕方ないよ」


「横横」の終点から海岸沿いに少し走ったところにある美術館に立ち寄った。

常設展示を一通り鑑賞し、併設されているイタリアンで昼食をとることにする。

ガラス張りのレストランの目の前はグリーンの芝生の広場、その先にはブルーの海を望む。風光明媚なスポットとあって、深川と園部の二人組を除くと、客は女性同士のグループかカップルだった。

「明らかに俺たちは浮いてるな……」

テーブルに案内されるなり、そう口にした園部だったが、「男同士でもいい景色を眺めながら食事する権利はあるはずだ」と言い添える。

「その通り、人目を気にする必要なんてない」

深川も力強く同意したものの、場違い感は否めない。

「地元の食材をふんだんに使っている」と銘打ったパスタとサラダを黙々と平らげ、胃袋が落ち着いたところで、深川はクルマを購入してから今日に至るまでの経緯を一通り説明した。

「つまり、買ってから四ヶ月で二度も修理に出したってことか、とんだ災難だな。前に乗ってた86だったら、そんな苦労はないだろうに」

園部は愉快そうに言うと、食後のコーヒーを口に運ぶ。

「たしかに酔狂としか言いようがないが、しかし何とも言えない味わいがあるんだよ、あれには」

「俺もそれは否定しない。乗ってて楽しいのは認めるよ」

「よかったら、この後、少し運転してみないか？」

「左ハンドルは経験がないんだが……」

「最初は戸惑うかもしれないが、すぐに慣れるさ。オートマチックだし、狭くない一般道だから大丈夫だろう」

深川は園部にキーを手渡した。

出発して十分ほどは、初心者マークを付けたクルマのような挙動だったが、ほどなく親友のハンドルさばきは不安を感じさせなくなった。

「お前が言ってたように、ハンドルを切ったときの感覚が普通のクルマと違って面白いな。剛性とは違う……なんと表現していいか分からないが、しいて言えば粘っこいというか、そんな感じがする」

「そうだろ。このウォーム&ローラーのようなステアリング機構は、昔は高級車に結構、採用されてたみたいだから、特性や性能がラック&ピニオン方式より劣るわけじゃないんだと思う。だけど、今となっては貴重だよ」

「そうなのか。昔あったものがなんで消えてしまったのか……まあ、すぐに思いつくのは製造コストが高いってことなんだろうな」

「新しいものが常に優れているわけじゃないんだ。動力伝達方式だって、FRの方がFFより挙動が素直で運転しやすいのに、今や絶滅危惧種だろ。そして一度失われてしまったら、復活させるのは難しい」

FRは後輪駆動、つまりエンジンの動力を後輪に伝えてクルマを動かす方式で、FFは前輪に動力を伝える方式だ。FFの方が部品数が少なくスペース効率も高いので、高級車やスポーツカーなど一部を除き、多くの乗用車がFF方式あるいはFFベースの4WD（四輪駆動）方式を採用している。

「古いものにこだわるのは、感傷的なノスタルジーだけじゃないってことだな」

園部は観音崎、浦賀、久里浜を経由して、三浦半島の先端、城ヶ島までハンドルを握った。

城ヶ島公園の駐車場にクルマを停め、公園内を散策。

平日ということもあって、来訪者は少ない。展望台でしばし東京湾の沖合いを眺め、ベンチに腰を下ろすと、園部がおもむろに口を開いた。

「昼飯の時にお前が言ってた、最近のクルマはどんどんバッテリーに依存する装備が増えてるという件だが、実は俺の周りでも最近、それが話題になったんだ」

園部によると、江口（えぐち）という職場の同僚の父親が所有する軽自動車のバッテリーが、わずか数ヶ月で上がってしまうという。

「今の軽自動車って、装備はハンパじゃないのにバッテリーは小さいだろ。だからすぐに上がっちゃうんだよ」

「やっぱりそうか。でも、数ヶ月っていうのは極端だな。バッテリーがもともと不良品だったんじゃないのか？」

「その父親も、クレームで新品に交換してもらったそうなんだが、それでもダメだったらしい」

「ふうん、でもそんなにしょっちゅう上がるんだったら、ネット上にも不評がわんさか載るだろうし、設計上の不備だったらリコールの対象になるだろう。そんなのはないんだよな？」

「ああ、そのクルマ固有の現象らしい」

クルマのこととなると……深川の脳裏に遠近コンビの顔が浮かぶ。

「差し支えなければ、その人がどういう使い方をしてるのか、詳しく訊いてみてくれないか？」

「えっ、なんでだよ」

「製品のバラつきが大きかった昔ならいざ知らず、今は国内メーカーのクルマの個体差はほとんどない。だから、ちゃんと原因があるはずなんだ。俺のクルマの面倒を見てくれてる人たちだったら、それが分かるかもしれないと思ったのさ」

「なるほど、試してみる価値はありそうだな」

再び深川がハンドルを握り、帰途についた。幸いなことに、この日は自分の駐車場にクルマを停めるまでトラブルは生じなかった。

5

数日後、園部からメールが届いた。

警察官僚らしく、簡潔で無味乾燥な文面だ。

——問題の軽自動車を所有する男（江口の父親）は金属加工を行う小さな工場の経営者で、年齢は七十三歳。

工場に隣接する自宅には、男の妻、息子（長男、四十歳）とその家族（妻と娘）が同居している。ちなみに自分（園部）の同僚は次男。

男には慢性的な腰痛があり、耳も遠いため、実質的には息子が工場を切り盛りしている。

男は昼食、その他の用事で、日に何度となく職場と自宅の間を往復する。

工場と自宅の間に屋根付きのカーポートがあり、そこには軽自動車の他に、息子の家族が使うミニバンが駐車している。

軽自動車は二年前に新車で購入したもので、五ドアハッチバックというオーソドックスなスタイル。価格は税込みで約百五十万円。

軽自動車は基本的に男しか運転せず、使用頻度は週に一回程度。昼間、近場に買い物に出かけるくらいである。

男の妻は自動車の運転をしない。息子夫婦はもっぱらミニバンを使っている。

以上——。

メールを読む限り、クルマの使用頻度が低いこと以外、気になる点は見当たらない。

男の生活パターンや家族構成の記述もあるが、バッテリーが上がることとは無関係のはずだ。

クルマを使用しない間に、徐々に放電していると考えるのが妥当だろうが、こんな乏しい情報では原因は到底、分かりそうにない。

ふと、少し前に自ら口にした台詞を思い出した。

「自動車の修理は、謎解きに挑む探偵のような一面もある」

謎解き、探偵といえば……そうだ！

思わず手を打っていた。

深川には、高沢のりおというミステリー作家の知人がいる。

頭脳明晰な謎解きのプロなら、原因を解き明かせるかもしれない。まずはこちらに当たってみるべきだ。高沢は園部とも知り合いだし、相談しても問題はないはずだ。

園部が送ってきた文面に簡単な経緯を添えて、深川は高沢宛にメールを送信した。


翌日の午後、早くも電話がかかってきた。

「もしもし高沢です。軽自動車のバッテリー上がりの件だけど、原因は解明できたと思います」

「えっ、解けたんですか？　それはすごい！」

「いやいや、有益な情報を送ってもらったから、それを元に推理すれば、答えはおのずと見つかるものなのだよ」

なんと、深川にとっては「乏しい」と思われた園部のメールが、高沢にとっては「有益」とは、さすがミステリーを生業にしているだけのことはある。

こちらから問うまでもなく、高沢は見解を語り始める。

「着目したのは、そのクルマの所有者である江口氏には慢性的な腰痛があること、昼間しか運転しないこと、そして耳が遠いという三点なんです」

「たしかに園部のメールにはそう書いてありましたが、この三つがどうつながるんですか?」

おほんっ、と高沢の咳払いが受話器から伝わる。

「クルマの室内灯のスイッチは、両端がオンとオフ、そして真ん中がオートになってますよね。多くのドライバーは、室内灯のスイッチをオートにセットしているんじゃないだろうか?」

「はい、ドアを開けると自動的に点灯し、閉めると消灯しますから、特に夜間は便利です……私もそうしてますよ」

「うむ、つまり問題のクルマのスイッチもオートになっていたと考えるのが妥当です。そして江口氏には慢性的な腰痛があるわけだが、そういう人がクルマを降りてドアを閉める際、思うように力が入らず、完全に閉まらないこともあるんじゃないかと推測します……」

たしかにそれはあり得る。

「いわゆる半ドアというやつですね」

「そう、帰宅したときに半ドアになっていたら、室内灯が点灯したまま駐車場で長時間放置されることになりますよね?」

「ああ、なるほど! 江口氏は昼間しかクルマに乗らないから、室内灯が点いたままでも気づかない。消費電力が少ないといっても、長時間放置すればバッテリーは上がってしまう……」

「さらに江口氏は耳が遠いそうだから、仮に半ドアの場合にアラームが鳴る機能がクルマに付いていたとしても、聞き逃してしまうというわけです」

「う〜ん、理にかなってます。さすがミステリー作家、たいしたものだ！　おそらくこれが原因でしょう」

「うむうむ、お役に立てたようで何より」

丁重に礼を述べて通話を終えた深川は、高沢の推理内容を園部にメールで伝えた。


翌日、「残念ながら違うようだ」と返信があった。

園部の同僚によると、以前に一度、江口氏は半ドアに気づかなかったことがあるという。夜、仕事を終えた息子が工場から自宅に戻る途中、軽自動車の室内灯が点いたままなのを見つけ、父親にドアをちゃんと閉めるよう注意を促した。

以来、息子も軽自動車の傍を通る時や、自分のミニバンを使う際など、事ある毎に確認しているそうだが、半ドアは一度もないという。

よって「室内灯の点けっぱなしによるバッテリーの消耗」という高沢の推理は、残念ながら不正解ということだ。

ミステリーのプロが落ちたとなると、やはりクルマのプロに頼るしかない。

深川の635は今のところ一応、普通に走るものの、ラジエーターなど気になる箇所がいくつかある。それらをチェックしてもらうついでに、この件も尋ねてみることにした。

アポをとって近藤モータースに赴いた深川は、作業が一段落してコーヒーブレイク中の遠近コンビに、プリントアウトした園部のメールを読んでもらった。

これは君のテリトリーだ、とばかり近藤から目配せされた遠藤は、インスタントコーヒーの入ったマグカップをテーブルに置く。

「問題の軽自動車の持ち主は年配の方なんですね。気になることが一つあります」

「えっ、たまにしかクルマに乗らないこと以外で、ですか？」

「はい、クルマのキーを普段どうしているか、持ち主に確認してもらえないですか？」

「分かりました」

訳が分からないまま園部にメールを送ると、十分後には返信があった。

警視庁の中ではかなりヒマな職場だと言っていたが、どうやら本当らしい。

早速、遠藤に情報を伝える。

「軽自動車のキーは、自宅ドアの鍵と一緒にキーホルダーに束ねて、いつも持ち歩いているそうです」

「やはりそうでしたか。たまにそういう人がいるので、もしやと思ったのですが……謎が解けましたよ」

「えっ、たったそれだけの情報で？」

驚きを隠せない深川に、丸顔の男は笑顔で頷く。

「バッテリー上がりの原因は、クルマのキーの可能性が高いです」

「キーですか？」

「はい。軽自動車の持ち主は、一日に何度も自宅と職場の間を往復している。つまりその都度、駐車場のすぐ傍を通っている。そしてクルマのキーを常に持ち歩いている。それがスマートエントリー機能付きだとしたら？」

「ああ、そうか！　持ち主が通り過ぎるたびにクルマのドアがアンロックされたりロックされたりする……」

「その通りです」

「でも、耳が遠いからロックされる時の作動音とか電子音は聞こえないかもしれませんけど、同時にハザードランプも点灯しますよね。それには気づくと思うんですが……」

「いえいえ、ハザードの点灯は一瞬ですし、昼間だったらクルマに注意を払わなければ分からないですよ。それに普段は隣にミニバンが駐車してるから、見えにくいことも考えられます」

「たしかに、見過ごしてしまってもおかしくないですね」

「各ドアのアンロックとロック、それを知らせる電子音とハザードの点灯……エンジンをかけないのに、一日に何度も作動すれば、バッテリーは消耗します。快適装備も良し悪しですね」

理路整然とした推理、やはり餅は餅屋に限るということだ。深川は、遠藤の見解を園部にメールで伝えた。

翌日、「問題は解決した。感謝する」と返信があった。

持ち主は、自動車のキーも他の鍵と束ねて携帯する方がいいということで、結局、軽自動車のスマートエントリー機能を封印することにしたという。

6

六月に入ると、冷房が利かないクルマはにわかに危険な存在になる。

日差しは強く日照時間は長い。ダークグレーのボディは熱を吸収し、室内は耐え難い暑さ。ドライブに出かけるのは到底無理だ。

よほどエアコンを修理しようかと思ったが、購入価格と同等かそれ以上の費用がかかるらしく断念した。

当分の間、このクルマはお預けということになるが、コンディションを維持するために、たまにはエンジンをかけて動かしてやる必要がある。

深川は長い夏場、十日に一度程度、熱中症のリスクが少ない曇天か雨天、あるいは夜間に限り、三十分から一時間ほど運転した。

温暖化が進む昨今、日中、冷房なしでなんとか遠出できるようになったのは、十月の下旬になってからだ。近藤モータースを紹介してもらって以来、倉崎からは何度となく「乗ってみたい」と要望されていたが、ようやく応えられる。

公務員の園部と異なり、倉崎は深川と同じフリーランスなので、日時は調整しやすい。好天が予想される平日に、千葉県の館山方面に出かけることになった。


当日は、晴天かつ気温は低めというドライブ日和。京葉市川インターに近いJR本八幡駅前で待ち合わせ、そこから京葉道路、館山道を使って房総半島を南下した。

千葉市付近までは交通量はそれなりに多いが、市原を過ぎる頃にはめっきり少なくなった。空いた高速道路の左（走行）車線を時速九〇キロくらいでのんびり走る。

助手席に座る倉崎は、楽しそうに感想を語った。

「古いとはいっても排気量が大きいだけあって、パワーに余裕がありますね。それにやっぱり直6は音がいいですよ、いかにも高級車って感じで。これに比べると、私の直4の音はなんだか忙しない。サスは思ってたよりも若干柔らかいなぁ。アメリカ市場を意識したってことですかね」

「そうだと思います。本革の電動シートとか、リアのシェードとか、運転モードの切り替えとか、当時にしては凝った装備がついてるし、無骨なドイツ人がアメリカでウケるにはどうしたらいいか、試行錯誤した結果なんでしょう。

でも、いかにもプラスチックなインパネとか、散漫なレイアウトとか、内装はイマイチなんですよね。同じドイツ車でも、当時のベンツの上級クラスなんかは、見た目がはるかに上質ですよ」

「BMWは今では当たり前のように大型の高級車を作ってるけど、もともとは小型を得意としてたわけだから、仕方ないのかもしれないなぁ。初代6シリーズってある意味、高級化と海外展開を目指した最初のクルマと言ってもいいわけだし……」

「世界的なブランドも、最初からそうだった訳じゃなくて、多くの苦労の上に成り立ってるということですね」

館山道の終点からほど近い「道の駅」で休憩し、運転を交代した。

キーを捻ってエンジンをかけた倉崎は、「あれっ」と声をあげる。

「インパネの真ん中に『CHECK』が点灯しましたけど？」

「ああ、それはエンジンをかけた時に必ず出るんです。ブレーキペダルを踏むと消えますから、問題ありません」

「了解です」

サイドブレーキを解除した倉崎はクルマを発進させた。

同じメーカーの左ハンドル車を所有しているとあって、操作は手馴れたものだ。が、慣れている者だからこそ、釘を刺しておいた方がいいこともある。

最初の赤信号で停まったところで、深川は話しかけた。

「すみませんが、運転中、オートマチックのレバーはDポジションから動かさないようにしてください。それと運転モードもエコノミーのまま、加減速も穏やかにお願いします」

相手は一瞬、訝しげな表情を見せたが、すぐに事情を理解したようだ。

「ああ、古いクルマだから、トランスミッションとエンジンに余計な負荷をかけたくないということですね?」

「はい、周辺機器だったら、さほど費用をかけずに交換できますけど、この二つが壊れたら修理できない可能性が高いですし、できたとしてもとても払えない額になるでしょうから、残念ながら廃車にせざるを得ません」

「分かりました。なるべく丁寧に乗ります」

信号が青に変わり、倉崎はゆっくりとアクセルを踏む。

館山市街を抜け、「房総フラワーライン」に入ると、信号は減り、海岸線に沿ってなだらかな起伏が続く。早春には両サイドが菜の花で黄色に染まるこの街道も、残念ながら今は色彩に乏しい。

とはいえ、潮風が心地よく、窓を開けてのんびり走るにはもってこいのコースだ。このまま最南端の野島埼灯台を目指す。

「ふうん、ステアリングは軽めだけど、何とも味わい深くていいなぁ。でも、このクルマってやっぱり頭が重いんですね。フロントオーバーハングが長いからそういう気はしてたんですけど、運転してみると実感します」

フロントオーバーハングとは、クルマの前輪よりも前に突き出した車体部分のことだ。635はスタイルを優先させたせいで車体の前方が重く、前輪にかかる荷重が大きい。BMWらしからぬバランスの悪さは、このクルマの最大の欠点と言っていい。

「BMWのオーナーだったら、やっぱりそこが気になりますよね。倉崎さんの318は、オーバーハングが極端に短くて、しかもエンジンが小さいですからね。バランスは特別いいはずですよ」

「はい。昔、飛行機の仕事をしてたから、どうしても重心が気になってしまって……多分あれは、世界で一番バランスがいいクルマですよ。買おうと決めた一番の理由は、実はそこなんです」

「ふうん。で、バランスがいいことで、具体的なメリットってあります?」

「そうですねぇ、クルマの挙動が素直で運転しやすい気がしますし、それから……そうだ、タイヤの磨耗が四本ともほぼ同じで、しかも減るのが遅いですね。ブレーキディスクの消耗も少なくて、長持ちしますよ」

「ああ、なるほど。それは明らかなメリットですね」

　こんな調子で雑談を交わしながら、空いた道を快適に走る……と、再び倉崎は「あれっ」と声を上げる。

「また『CHECK』が点灯しました。これも放っておいていいんですか？」

「いえ、走行中に点灯したということは、何か起こったんだと思います。えっと左端のパネルに何か出てませんか？」

「えっと、一つ赤く点灯してるのがありますよ。『COOLANT』のところですね。ラジエーターがヤバいってことですか？」

「いえ、半年前に近藤さんにラジエーターをチェックしてもらったんですが、異常ないってことだったし、水温計の針も正常だから問題ないと思いますが……」

　とは言ったものの、確認するに越したことはない。

　ほどなく道路脇に空地があったので、そこにクルマを止めてエンジンを切ってもらい、ボンネットを開ける。

　液漏れはないようだし、冷却液も十分に入っている……が、そのセンサーのコネクターが取れかけていた。

「どうやら、ただの接触不良のようです」

　コネクターを押し込み、エンジンをかけると、クーラントの赤色は点灯しなかった。これで一安心だ。

「なるほど、真ん中の『ＣＨＥＣＫ』って、飛行機のマスターコーションと同じ意味だったんですね」

運転を再開するなり、倉崎は感心したように説明する。

空を飛ぶ飛行機の不具合は墜落につながるため、万一発生した場合は即座にパイロットが認識して対策を講じる必要がある。

特に重大な故障や異常事態が発生した時は、インパネ中央に個別に設けられた「ｗａｒｎｉｎｇ（ウォーニング）」ライトが点灯する。

それに準ずる不具合については、脇に設けられた「ｃａｕｔｉｏｎ（コーション）」ライトパネルにまとめられており、そのいずれかが点灯すると同時に、インパネ中央のマスターコーションライトが点灯する。

６３５はこのスタイルを踏襲しているということだ。

「航空エンジンから出発したメーカーだから、飛行機っぽいんですかね？」

「かもしれません。そういえば、私の３１８の取説が飛行機のフライトマニュアルっぽい記述になってて、感心しました」

「へぇ、残念ながらこの６３５のダッシュボードには取説が入ってなかったんですが、そう言われると気になりますね」

などと会話を交わしているうちに野島埼に到達した。駐車場にクルマを置いて周囲を散策してもよかったが、四月に園部と三浦半島にドライブしたときも似たような場所に行ったので、深川はあまり気が進まなかった。

そう伝えると、倉崎はここには以前、来たことがあるそうなので、そのまま先に進むことにする。

南房総の海岸沿いは「道の駅」がいくつもある。正午を少し過ぎたところでまた標識が見えたので、そこで昼飯を食べることにした。

奇妙な外観の建物に入ると、海沿いだけあって売店には海産物の加工品が多い。レストランのメニューも「魚」が充実している。

せっかくなので、二人とも魚づくしの定食にした。

食後に売店を物色してからクルマに戻り、再び深川がハンドルを握る。

「帰りは房総半島の真ん中を北上して、そこから圏央道に乗って千葉東金道路と京葉道路を使って帰りたいと思います。いいですか？」

「もちろんです。内陸も景色がいいですし、交通量も少ないから快適ですよ」

千葉県民の倉崎は、何度かそのルートをドライブした経験があるという。

集落に沿う古く狭い道と、整備されたばかりの広い道路が交互に現れる国道は変化に富んでいてなかなか楽しかった。

高速に乗ってからも、京葉道路の千葉市付近で十五分ほど渋滞した以外は順調だった。途中、幕張のパーキングエリアで休憩して、倉崎を降ろすために京葉市川インター出口に向かう。

「今日は貴重な体験をさせてもらって、ありがとうございました」

「喜んでもらえて何よりです……本八幡駅でいいですか？」

「そこまで行ってもらわなくて大丈夫です。すぐ先にショッピングモールがありますから、次の信号で右折して裏道に入ったあたりでお願いします」

ウインカーを出し、広い裏道に入った。ここだったら他の車輌の通行を妨げることはない。クルマを路肩に寄せつつ、ハザードを出そうとインパネに手を伸ばした。


「えっ？」

ふいに車内が静かになった。

タコメーターの針がストンと落ちる……エンジンが止まってしまった。

右足は無意識のうちにブレーキペダルを踏んでいたが、パワーアシストがなくなった分、踏力が余計に必要となる。なんとか路肩に寄せて停車した。

「あれ、どうしたんですか？」

倉崎が不思議そうに目を向ける。

「突然、エンストしてしまったんです。訳が分からない……」

こういう時こそ冷静に……なれるわけないが、とりあえず一回深呼吸。

サイドブレーキを引き、オートマチックのレバーを「D」から「P」位置に押し、そして再度キーを捻る。

何度やっても、セルモーターは回るが、エンジンは全く反応しない。

「とりあえず、ボンネットを開けてみます？」

倉崎の言葉で、少し冷静になれた。

「そうですね」

深川は左前のレバーを引き、車外に出てボンネットを開ける。

倉崎は後ろのトランクを開け、「一応、出しときましょう」と、三角表示板を取り出し、展開した。

エンジンルームには異常は見当たらなかった。表面上、壊れた箇所はないし、オイル、フルード、冷却液などが漏れ出してもいない。セルモーターが回るということは、バッテリー上がりでもない。

何の前触れもなく、エンジンだけが止まった。

倉崎が、ふいに口を開く。

「もしかすると、ガス欠かもしれませんね」

「まさか。つい数日前に満タンにしたばかりだし、インパネの表示でもガソリンはまだ十分残ってましたよ」

「あくまで可能性の話ですよ。古いクルマだから燃料計の表示が正しくないのかもしれないし、それに加えて燃料インジェクションの制御がうまく行かなくなっていて不必要に燃料を食ってたとしたら……」

たしかに三十年も経っているクルマだ。複数の機器が故障することもあり得る。

ボンネットを閉じ、さらに何度もキーを捻ってみたが、エンジンは沈黙したまま。これはまたＪＡＦを呼ぶしかない。

不幸中の幸いだったのは、故障した場所が高速道路でも幹線道路でもなく、交通量が少ない裏道だったことと、このクルマの面倒を見てもらっている近藤の店まで二キロ足らずだったことだ。

まずは近藤に電話し、原因不明のエンストで動かなくなったことを伝えた。

修理のクルマで駐車スペースが一杯だと困惑した声が返ってきたが、遠くから「一台ならなんとかなりますよ」と遠藤の声が聞こえた。

運搬先が確保できたので、続いてＪＡＦに連絡し、ロードサービスを依頼した。

「基地が近くにあるから、すぐに来ると思いますよ」

倉崎の言葉通り、十分ほどでＪＡＦのトラックがやってきた。６３５の真ん前に停車する。

降りてきた隊員に頭を下げ、状況を説明した。

「古いクルマなんで、この一年で三回もロードサービスをお願いすることになってしまい、申し訳ないです」

「いえいえ、こういうクルマだったら何度でも喜んで運びますよ」

やはり彼らは、心底クルマが好きなんだと思う。

隊員はエンジンが全くかからないことを確認し、レッカー移動の準備を始める。前もそうだったが、トラックに搭載された機材を巧みに操り、あっという間に635の前輪が宙に浮く。続いて隊員は小さな車輪がついた機材を後輪の両脇に装着し、金属の長い棒を梃子にして浮かせた。

「合理的だなぁ。数多の経験が活かされているんでしょうね」

倉崎はレッカー用の機材に、感心しきりだ。

全くです、と同意した深川は、タイヤとハンドルをバンドで固定し終わった隊員に、スマートフォンの画面を示した。

「こちらの店まで運んでいただけませんか？」

「分かりました」

隊員はトラックのカーナビに住所を入力した。

深川は助手席に乗って近藤モータースまでナビをすることになり、倉崎は電車で移動することになった。

7

「申し上げにくいんですが……お手上げです」

受話器越しの声からも、近藤がすまなそうなのはよく分かる。

突然のエンストの原因を突き止めるべく、手は尽くしたという。

エンジンが始動するための条件は、燃料、圧縮、点火の三つ……つまりガソリンがちゃんと供給され、エンジンのシリンダー内がピストンで圧縮され、点火プラグが正常にスパークすることだ。

燃料についてはタンクにはガソリンが残っており、それをエンジンに送るホースに異常はなく、燃料をシリンダー内に噴射するインジェクションにも問題はなかった。

エンジンヘッドを開けたわけではないので確かではないが、外から見る限りエンジン本体に異常を生じているようには見えない。635に搭載されている直6、SOHCエンジンは、機構がシンプルで耐久性は高い。

もしエンジン内部が壊れたのだったら、その際に大きな異音や振動を発するはずだし、運転していた深川が異変に気づかないわけがない。よってエンジン本体に致命的な事態が生じているとは考えにくい。

残るは点火系ということになるが、点火プラグ自体や、配線の類は正常だった。

周辺には問題がなかったので、その大元、イグニッションコイルとディストリビューターを取り外して中を調べてみたところ、ひどい有様だった。

凄まじく劣化していて、汚れもひどく、今までエンジンが正常に回っていたのが不思議というレベルだったそうだ。

三十年以上も経っているのだから仕方ない。

イグニッションコイルとは変圧器のことだ。バッテリーの電圧は一二〜一三ボルトだが、これを三〇キロボルトの高電圧に変換する。これによりプラグをスパークさせることができる。

ディストリビューターとは、エンジンの各ピストンの動きと連動して、各シリンダーのヘッドに付いているプラグに電流を分配する装置のことだ。この二つが正常に機能しないと、エンジンは動かない。

「えっと、イグニッションコイルとディストリビューターを交換する必要があることは、一週間前に電話でお聞きして、交換をお願いしましたが……もしかして在庫がなかったんですか？」

「いえ、運よく在庫はありましたので、早速、取り寄せて交換しました。それで万事ＯＫだと思ったのですが……」

「それでもエンジンが回らなかったということですか？」

「そうなんです。古いクルマの場合、エンジンは始動するけどすぐに止まるとか、運転は持続はするけど回転が安定しないとか、そういうことはまあ、起こることがあるんですが、全く動かないという事態はこれまでほとんど経験したことがありません。お手上げというのはそういう意味です」

なんと、プロがギブアップとは……困ったことになった。

「どうしたらいいでしょうか？」

「そうですね。正規ディーラーでも、今となっては初代6シリーズを扱った経験があるエンジニアはいないでしょうし……専門のレストアショップに持ち込めば、もしかすると何とかなるかもしれませんが……」

「そちらでは修理できないということですか？」

「いえ、原因が分からないままというのは我々にとっても不本意ですから、さらに原因を探ってみたいと思います。もう少し時間をもらえませんか？」

「もちろんです。よろしくお願いします」

そう言って通話を終えた深川だったが、内心、再びこのクルマを運転するのは望み薄だと感じた。

8

「まだ解決しないなんて、そんなに深刻なんですか？」

映像編集の手伝いで深川のマンションにやってきた倉崎は、「腑に落ちない」とばかりに腕を組む。

「はい。ダメになった部品を交換して、配線もチェックしたのに、全く動く気配がないらしい……」

「ふうん、なんだかメカっぽくない話ですね」

「というと？」

「いえね、メカつまりアナログなものって、無理矢理動かそうとすれば何かしら反応があるでしょ。完全に沈黙って、なんだかデジタルな感じがしません？」

「はぁ、言われてみればそうですね。今のクルマだったら、全てをデジタル制御してるから、コンピューターが壊れたら全く動かなくなるかもしれません。でも、E24が登場したのは七〇年代ですよ？」

「そうですよね。初代6シリーズは生産期間が長いから、マイナーチェンジは何度もやってるだろうし、深川さんの後期型はコンピューターで制御してる部分もあると思うけど、エンジン始動を含む全てをコンピューターが支配しているとは考えにくいですよ」

ふと、目の前の男が昔、関わっていた分野はどうなのか気になった。

「今の飛行機はフライバイワイヤでしたっけ……つまりコンピューター制御で飛んでるんですよね。いつ頃からそうなったんですか？」

「えっと、実用機としてはアメリカのF－16戦闘機が最初のフライバイワイヤ、つまり完全にコンピューター制御で飛ぶ飛行機ですね。試作機が初飛行したのは、たしか一九七四年です」

「ええっ、そんなに昔なんですか？」

「はい、でも当時はアナログコンピューターですけどね。デジタルに代わったのは八〇年代に入ってからです」

ということは……自動車もその頃に急速にデジタル制御が浸透した可能性はある。

ドイツのメーカーは総じて保守的だと言われるが、意外とその時代の最先端のシステムを採用していることは、イギリスの自動車情報番組でも取り上げられていた。

調べてみる価値はある。

「635後期型のエンジン制御がどうなってるか調べるには、どうしたらいいですかね？」

「う～ん、昔は自動車関係に強い書店に、車種別にパーツの構成とか整備方法を記した洋書とか置いてありましたけど、今は見かけませんしね。正規ディーラーとかBMW専門のショップで調べてもらうしかないと思いますけど……」

「やはりそうですよね。でも、タダで教えてくれとは言いづらいし……ネットにはそういう情報って出てませんか？」

「古いクルマだから期待はできませんが、調べてみる価値はありますよ」


予定の編集作業を一通り終えた後、パソコンの検索サイトでキーワードをいろいろ入れてみる。ディーラーの中古車情報、オーナーのブログ、専門ショップの整備や修理の記録といったものは出てきたが、求めるものは見当たらない。

「英語圏の方が所有者も情報も多いですから、キーワードは英語で入れてみたらどうですか？」

倉崎の言はもっともだ。

早速、英単語を打ち込んで検索すると……様々な情報に交じって、四角い金属の箱の画像が出てきた。

「あ、ありました。635には、エンジンを制御するコンピューターが付いています。問題はそれがどこまで影響を及ぼすものなのかですが、それが分かるような情報って、さすがにネット上には出てないですよね……」

「そうですねぇ……でも、なんでもかんでもディーラーまかせにする日本と違って、欧米の自動車好きって、自分でかなりのことまでやっちゃうでしょ。もしかしたら、ネット上に情報が公開されてるかもしれませんよ」

「なるほど。どんなキーワードを入れたらいいですかね」

「ええっと……あ、そうだ、スケマチックというワードを追加してみてください。系統図って意味なんですけど、昔、飛行機の仕事をやってたとき、電源とか油圧とかのシステムがどうつながっているかを把握するためによく使われてました」

キーワードを追加し、再度検索……すると、それっぽい図がいくつも表示された。

「これ、そうじゃないですか？」

横からパソコンを覗き込んだ倉崎が、その中の一枚を指差す。

画面全体に表示させると……635のエンジン関係の系統図のようだ。

「えっと。六つのプラグがつながっているのがディストリビューターで、その中心からイグニッションコイルにつながって、その先にあるのがコントロールモジュール……これって……」

倉崎はさらに画面を覗き込む。

「それ、コンピューターです……エンジンに関わる全てがこれにつながってる。完全なコンピューター制御ですよ」

「ということは？」

「キーを捻っても、コンピューターが指令を出さないと、エンジンがかからないということになります。あのクルマ、見た目はクラシカルですけど、中身はハイテクだったんですね」

「う〜ん、人は見かけに寄らないって言うけど、クルマにも同じことが言えるんですね。初代6シリーズって、当時としては最先端だったんだ……」

「エンジンがかからないのは、コンピューターにつながっている部品のどれかが壊れていて変な信号を出して悪さをしているのか、あるいはコンピューター自体が壊れているか、ですね。とりあえず近藤さんには、この情報を伝えた方がいいでしょう」

もっともだ。深川は早速、電話に手を伸ばした。


「ああ、深川さん。ちょうどご連絡しようと思ってたんですよ」

二週間前と比べると、近藤の口調は軽い。

「あれからいろいろ調べて、エンジンがかからない原因がほぼ特定できました」

なんと！　タイムリーとはこのことだ。

「何だったんですか？」

「どうも、エンジンを制御するコンピューターが壊れていて、そのせいでキーを捻ってもエンジン始動の信号が発信されないようです。点火系を一つ一つ検証した結果、最後に残ったのがそれということなんですが……」

深川は、635のエンジン系統図をネット上で見つけたこと、そしてコンピューターが全てを制御していることを近藤に告げた。

「古いクルマなので、まさか完全なコンピューター制御だとは思いませんでした。同年代の国産車には、そこまでのはなかったと思いますしね」

「では、コンピューターを交換すれば動くということですね？」

「そうなんですが……」

近藤の声のトーンが下がる。

「国内にはリビルト品も含めて、在庫は一つもないらしいんです。輸入パーツを取扱う業者に問い合わせたんですが、ドイツにもさすがに三十年前のコンピューターは残ってないだろうということでした」

「じゃあ、やっぱりダメなんですか？」

「残念ながら……でもアメリカでは古いクルマが当たり前に走ってますから、パーツを提供する会社があるかもしれません」

だが、近藤には海外の業者までのツテはないという。

「分かりました。こちらで調べてみます。もし見つかったら、私がコンピューターを購入して、そちらに持参します」

コンピューターの品番と外観の写真をメールで送ってくれるよう頼み、通話を終えた。

ほどなくメールが着信した。

早速、インターネットで検索すると……同じ品番のものがネット通販に掲載されていた。近藤から送ってもらった写真と、見た目も同じだ。

「こういうのってどうなんでしょうね？」

倉崎に意見を求めると、渋い顔をする。

「たぶん、廃車したクルマから取り出したもの……部品取りってやつですよ。深川さんのと同じくらい古いものだろうし、結構な値段だから、買わない方がいいと思います」

「ですよね。リビルト品を扱う海外の業者が見つかればいいんだけど……他に適当なキーワードとかあります？」

「そうですねぇ、リビルトは再生ですから、同じような意味というと、再製造ですか？」

なるほど、再製造を英訳すると、リマニュファクチュアリングと出た。これを加えて検索する。

「おっ、それっぽいのがありますよ。えっと……古いクルマのコンピューターやパーツを提供するアメリカの会社みたいです」

「へぇ、さすが、あちらではそういう商売が成り立つんですね。日本では、一時代を築いたクルマを長きにわたって大切にするというモータリゼーションは、国家政策のせいで根付かないから、羨ましい限りだ」

倉崎が言う国家政策とは、二年に一度（新車のみ三年後）の車検制度、新車購入時の減税、十三年以上経過した古いクルマへの増税だ。

車検制度は、表向きにはクルマの不具合が原因で事故を起こさないよう、きちんと点検や整備がなされた車輌しか走行を認めないということだが、本音は自動車整備に関わる業者が困窮しないための制度だ。

特に自動車メーカーのディーラーは、新車販売もさることながら、この制度のおかげでユーザーから継続的な売上げが見込める。

新車購入時の減税は、表向きは環境にやさしい新型車に対する特典だが、本音はCO_2の排出のみに特化した国産車の優遇措置だ。

海外、特にヨーロッパの各メーカーはクルマを構成する部品のリサイクル率に重きを置いているが、これについては全く考慮されない。ちなみに国内メーカーは、リサイクルの観点からは大きく立ち遅れている。

古いクルマへの増税は、表向きは「旧車の排気ガスは環境への悪影響が大きい」という理由だが、本音はユーザーである国民にクルマの買換えを促進させることで、国内の自動車産業を保護することだ。

古いクルマを廃棄したり、新しいクルマを製造したりする際に生じる環境への影響はろくに考慮されていない。

こういうやり方は十年のスパンでは効果があるが、数十年のスパンではむしろ市場を縮小させることになると深川は思う。

実際、自分よりも若い世代はクルマに興味がない。彼らはクルマは移動のための一手段としか考えていない。彼らにとって、クルマは自分のライフスタイルを反映する愛すべき道具ではない。生活を切り詰め、多額な出費をしてまで所有したいモノではない。

深川が関わっている「こだわりのクルマを紹介する番組」の撮影現場でもそうだ。共に助手を務めている二十代半ばのスタッフは、愛車を自らの人生に重ねて感慨深く語るロートルたちを、珍しい生き物を見るような目で眺めている。

一方、深川より一回り上の世代は、クルマに対するこだわりがめっぽう強い。

深川が子供の頃、新聞には連日のようにクルマの広告が躍っていた。大人たちは新車が発表されると口角泡を飛ばしてそのスタイルや性能、機能について語り合い、週末には家族や友人とディーラーに足を運んでは試乗し、カタログを受け取った。

クルマ好きを自認する人たちは、最初の車検が来る時、つまり三年で次のクルマに乗り換えた。

かつては書店にも自動車雑誌がずらりと並んでいた。メーカーの意向に沿った情報をそのまま載せたものもあれば、斜に構えた記事やレポートを掲載したものもあった。新車を購入するにあたり、いかに値引きさせるかを指南するものもあった。自動車評論家なる不思議な肩書きの人たちも存在した。

現在でもいくつもの自動車メーカーが存在し、自動車産業が国の経済の一翼を担っていることに変わりはないが、その目は国内には全く向いていない。メーカー各社はモータースポーツにも投資し続けているが、興味を持つ若者は少ない。

今、この国でクルマに金をかけるのは、富を得た成功者か、未だに興味を失っていない中高年くらいだ。

それはさておき、このアメリカの会社のサイトの製品カテゴリーに「エンジンコントロール」という項目があるので、そこをクリックすると、山のように製品が表示された。様々なメーカー、年代のコンピューターがラインナップされているようだ。

「ＢＭＷのコンピューターはありますか？」

倉崎が横から尋ねる。

「はい、沢山あります。Ｅ２４用は……あっ、出てきましたけど、残念ながら品番が違います。マイナーチェンジのたびに変わってるみたいです」

「生産台数は少ないのに、よくやりますすね」

全くだ。七六年から八九年まで、Ｅ２４の製造期間は十三年にも及ぶが、生産台数は八万六千台あまりでしかない。

さらに追っていくと、ようやく近藤から教えてもらった品番と同じものが出てきた。

「やっと見つかりました。在庫はありますし、世界中、どこへでも発送してくれるみたいです。送料を含めても、価格はかなりリーズナブルです。おまけに保証もついてますよ」

「へぇ、良心的ですね。これだったら、いいんじゃないですか？　それにしても、インターネットと物流のネットワークってすごいですね」

感心しきりの倉崎を横目に、住所とクレジットナンバーを入力し、コンピューターを購入した。

一週間後、無事に荷物が届いた。


深川がアメリカの業者から購入したリビルト品のコンピューターは、遠藤の手で635に取り付けられた。

他の部分も入念にチェックし終えた近藤が、深川に顔を向ける。

「では、エンジンを始動します」

遠藤、深川、そして物見遊山でやってきた倉崎も無言のままコクッと頷く。

運転席に座った近藤がハンドル脇のキーを捻る。

セルモーターが回り……次の瞬間、直列六気筒エンジンが「グオォォン」と大排気量ならではの野太いサウンドを響かせながら息を吹き返した。

「やったぁ！」

思わずバンザイしてしまったが、皆もつられるように歓声を上げる。

「いやぁ、長いことクルマの仕事をやってますけど、こんなにドキドキすることは滅多にないです。本当によかった」

「エンジンがかかるだけで感動するって、普通、ないですからね。解決して何よりです」

近藤と遠藤も喜びを隠し切れないようだ。

古いクルマは手間がかかるが、苦労を共にする人たちとの連帯感が生まれるし、乗り越える喜びを分かち合うこともできる。

深川は一ヶ月半ぶりに635の運転席に乗り込んだ。

9

「折り入って頼みがある」

親友の園部からメールを受けたのは、年が明けて半月が過ぎた頃だ。

近藤モータースに行く機会があったら、同行させて欲しいという。

自分に触発されて、面倒なクルマでも買ったのかと勘繰ったが、どうやらそうではないらしい。

今のところ不具合はないが、どうせ数ヶ月もしないうちにどこかしら問題が起きるだろう。その際、クルマを預けに行くついでにでも誘えばいい。

……などと考えていたら、仕事の息抜きに近場をドライブしたくなった。駐車場で左ドアの鍵穴にキーを差し込んでロックを解除し、ノブを引く。

「ガキッ」

ドアが開く代わりにイヤな音がした。

「はぁ〜」

早速、口実ができてしまった。


「よくもまあ、次から次へと問題が起こるな」

悪態をつきながら先に助手席に乗り込んだ園部が、内側から運転席のドアを開け、深川もクルマに乗り込む。

メールを受け取って十日後、近藤と園部、双方にとって都合のよい土曜の夕方、市川に赴くことにした。

「三十年っていうのはそれだけ長い年月ってことさ。この時代のクルマは案外、プラスチックも多用してるからな。運転席のドアは頻繁に開け閉めするから、経年劣化で割れたんだろう。たいしたことじゃない」

深川は九段下へとクルマを向けた。インターネットの道路情報によると珍しく順調なようだったので、首都高速を使うことにする。

「ほう、トラブルには慣れっこという感じだな」

「まあな。一年の間に二度もエンジンが止まってJAFにレッカーしてもらったし、慣れもするよ」

「高速使って大丈夫なのか？」

「故障しないよう祈っててくれ」

不安そうな友人に、深川は笑顔で返した。

何事も起こらないまま京葉市川インターで高速を降り、今では熟知している道を通って目的地に到着した。


「近藤さん、またお世話になります。左ドアの修理、よろしくお願いします」

「はい、どこが壊れたか見当はついてますし、パーツの在庫もあるそうですから、数日で修理できると思います」

「えっ、三十年前のクルマのパーツなんて、在庫あるんですか？」

近藤に紹介する間もなく、脇から園部が口を挿む。

「国産車だと、ものによっては十年くらいでパーツがなくなってしまうんですが、ヨーロッパ車の場合、二十年でもそれなりにありますよ。まあ、深川さんのは三十年以上経ってますから、ないことが多いです。今回のドアの部品はたまたまですね」

「やっぱりそうなんですね。家電も少し前の型だと、パーツがないから修理できないと言われますけど、日本には工業製品を長く使うという感覚がないんですね。……えっと、申し遅れましたが、私、園部と申します。深川君とは学生時代からの友人です」

「お話、伺ってます。警視庁にお勤めだそうですね。私共にご用とは、どういったことでしょうか？」

二人の訪問者に椅子を勧めた近藤は、遠藤と共に対面に腰を下ろしたが、初対面の園部に対し微妙な表情を見せる。深川の友人であるという気安さと、警察組織の人間であるという警戒感がミックスされたとでも言うべきか。

それを知ってか、園部はソフトな口調で話しかける。

「今日、こちらに伺ったのは、一つは以前、職場の同僚の父親が所有する軽自動車のバッテリー上がりの件を解決していただいたお礼をと思いまして……。その節はお世話になりました」

「そんなことのために、わざわざ？」

「あんなの、たいしたことじゃありませんよ」

謙遜する二人をよそに、園部は話し続ける。

「クルマを専門に扱うあなた方にとっては些細なことであっても、門外漢の自分らにとっては難問なんですよ。バッテリー上がりの件にしても、同僚も私も正解にたどりつけなかった」

「お前の場合、目の前に答えが書いてあっても分からないんじゃないのか？」

つい揚げ足をとった深川だったが、友人は真顔のままこちらを見る。

「そう言われても仕方ない。俺が時々仕事で使うクルマにも、スマートエントリー機能が付いているんだ。なのに、それが原因だなんて露ほども思わなかった……目の前に正解があるとしても、それを認識するには相応の知識と経験が必要なんだ」

なるほど、園部が何の目的でここに来たのか分かってきた。

園部は再び近藤と遠藤の方を向く。

「改めてお願いなんですが、クルマが絡んだ事柄について分からないことが出てきた時、この前のようにアドバイスをいただけないでしょうか？」

近藤はあきらかに困惑気味だ。

「それって、犯罪捜査への協力ということですか？　たしかに私共はクルマを扱う仕事をしてますから、相応の知識や経験はありますが、捜査の役に立つようなアドバイスはとても無理です。テレビドラマでしか知りませんけど、警察には鑑識とか科捜研とか、ほんの僅かな痕跡からいろんなことを見つけ出す、すごい人たちが揃っているじゃないですか。こちらの出る幕なんてないですよ」

遠藤がすかさず口を挿む。

「それに、民間の我々に捜査の情報を流していいんですか？　漏洩した園部さんだけでなく、協力した我々まで処罰されるようなことになったら困りますよ」

二人の言はしごくまともだ。園部の頭はどうかしてしまったのではないかと思う。が、その顔は真剣そうに見える。

「殺人など凶悪犯罪については、警察は持てる力を総動員して捜査にあたりますが、金品の盗難といった犯罪についていては、特に被害が少額の場合、そこまでの労力は投入しません。

というより、次々と発生する事件に追われて、労力を割く余裕がないというべきですね。それから、私がアドバイスを求めるのは特定の案件についてではなく、ごく一般的なことなので、ご心配には及びません」

いかにもお役所的な物言いに、深川は再び突っ込みを入れる。

「要するに人名とか場所とか日時とか、事件が特定される要素を外して伝えるってことだろ。内容はまんま実際の事件だろうから、そんなのはおよそ一般的とは言えないんじゃないのか？」

今度は露骨に嫌な顔をした園部は「よけいな事を言うな」とばかりに深川を睨み付ける。

「とにかく、程度が軽い事件の場合、型どおりの現場検証と最低限の捜査はやりますけど、それ以上はなかなか難しいわけです。お二人にご協力いただきたいのは、そういった類の事案なんです」

思い当たることがある、とばかり近藤が口を開く。

「私の知人で空き巣に入られて現金を十万ほど盗まれたのがいるんですけど、一一〇番してしばらくすると何人も警官がやってきて、犯人が侵入するときにガラスを割った窓の周辺や、物色したと思われる場所に指紋が残ってないか調べたり、本人や家族から事情を聞いたりしたそうです。でもそれっきりで、結局、犯人は捕まってないらしいです」

続いて遠藤も実例を挙げる。

「ウチのお客さんで、自家用車にいたずらされて傷をつけられた人がいるんですけど、警察に被害届けを受理してもらうには修理費用の見積もりが必要なので、ウチが提出したことがありました。

その時も警察は、クルマの周囲に残されていた犯人のものと思われる足跡を採取したり、被害状況を写真に収めたりはしたそうなんですけど、それ以上のことはなくて、結局、犯人も分からずじまいってことでした」

つまり軽犯罪に遭った被害者の多くは、泣き寝入りするしかないということだ。

「はい、残念ながらそれが実態です。でも自動車が関わる事件が起こったとき、お二人から気づいたことを教えてもらうだけで、バッテリー上がりの時のように、事態があっという間に進展するかもしれないんです」

「そうだよな。交通機動隊ならともかく、普通の警官はお前と同じでクルマの種類とか特徴とかには疎いだろうしな。クルマに関わる人が見たら瞬時に分かることも、捜査の正攻法だと手間がかかる。

その手間を省くだけでも時間は短縮できるし、その分、犯人との距離を縮めることもできるってわけか」

「まさに、その通りだよ」

友人は真顔で頷く。この男が考えているのは、現場検証の際、その道のプロならではの着眼点があれば、犯人にたどり着ける確率が上がるということなのだろう。

おそらく園部は、自動車だけでなく他の分野でも、気軽に有益な情報が得られる人脈を構築しようとしているに違いない。

「俺は協力してもいいですよ」

遠藤がおもむろに声を上げた。

「不謹慎な言い方かもしれないけど、面白そうじゃないですか。それに、悪事を働いた奴らの多くが野放しっていうのは許せないですしね」

その言葉につられるように、近藤も首肯した。

10

「これでまた、普通にドアを開けて乗れます」

ノブを引けばドアが開く。こんな当たり前のことで気分が高揚するとは……これも古いクルマを所有するが故だ。

園部を紹介した一週間後、修理が終わったとの連絡を受け、深川はクルマを引き取りに近藤モータースを訪ねた。

「実はノブのパーツが割れただけじゃなくて、それを支えるドアの構造も一部壊れてました」

「えっ、その箇所はどうしたんですか？」

「ウチで部材を内作して補強しました。なので、この前お出しした見積もりより請求額が少し増えてしまいました。申し訳ありません」

「いえいえ、ありがとうございます」

近藤から手渡された請求書に目を通すと、内作分の金額は微々たるものだった。

「これじゃ、ほとんどボランティアですよ。いいんですか？」

「ここにあるものを適当に加工してくっつけただけだし、手間もかかってないから大丈夫です」

「まったくもって、社長は商売っ気がないからなぁ。まあ、そのおかげで、クルマ好きのお客さんがウチにクルマを託してくれるんだけどね」

会話に加わった遠藤は、前回、共に訪問した友人に言及する。

「先週ここに来た園部さんって、いわゆるキャリアなんですよね。さぞかし頭がいいんだろうなぁ」

「いやいや、私にはとてもそうは思えませんね。頭脳明晰だったら、もっと出世してますよ。ただ……自分の限界というか、身の程をわきまえているところは大いに評価できますけどね」

「どういうこと？　イマイチ分からないんだけど」

「えっと、自分が知らないことは素直に認めるし、知りたいことがあったら面子とか立場とか関係なく、誰にでも教えを請うことができるってことです」

「ああ、俺たちのような一介のクルマ屋のもとへも、わざわざ頭を下げに足を運ぶってことですね。たしかに彼は、ドラマとかで権威を振りかざして偉そうにしてるキャリア組とは違うな」

「まあ、もともとアイツは偉そうな顔つきじゃないし、もしそんな態度をとるようになったら即、絶交ですよ」

「うわっ、それは厳しい」

「まあ、アイツが変わることはないと思いますし、何か頼んで来たときには、仕事に支障がない範囲で協力してやってください」

ひとしきり雑談を交わし、深川がそろそろ帰ろうと脱いでいた上着を手に取ろうとした時、旧型の白い日産マーチが店の前に停車した。

「こんちは……」

異音を発しているエンジンを切ってクルマから降り立った中背の男は、ボリュームのあるぼさぼさの黒髪、サングラスに黒いジャンパーに黒いジーンズという黒ずくめのいでたち。それだけに、鼻と口を覆うマスクの白さが目立つ。

顔が覆われていて素顔は分からないが、発した声から年齢は三十〜四十歳くらいの印象だ。手には、これまた黒いバックパックを持っている。

「急にエンジンの調子が悪くなっちゃって……ちょうどお宅の看板が見えたもんだから……修理やってもらえませんか？」

素性の分からない飛び込み客だが、明らかに異常をきたしているクルマを店の前に停められては、近藤も首を縦に振らざるを得ない。診療時間中にやってきた急患を断われない医者と同じだ。

「分かりました、お預かりします。現在、修理中のクルマが数台入っていて、その後になりますけどいいですか？」

「別にそれでいいっすよ」

「原因を調べた上で修理の見積もりをお伝えしますので、お名前と連絡先を教えていただけませんか？」

「えっ、ああ、そうっすね」

客は椅子に腰掛けると、近藤から渡された紙にボールペンで記入し始めた。

辞去するタイミングを逸した深川は、少し離れた場所に立ち尽くしたまま、その様子を眺めていた。

なんとも胡散臭い客だ。

風邪や花粉対策でマスクをするのはいいとして、直射日光が入らない事務所の中でもサングラスをかけたままというのはいかがなものか。まあ、急にクルマの調子が悪くなって、動揺しているからかもしれないが……。

革手袋をしたまま、というのにも違和感を覚える。

この季節、屋外は寒いが、クルマの中は手袋をする必要はないだろう。もちろん運転する際、ハンドルのグリップを高めるために手袋をする人もいるのだが……。

相手と目を合わせないよう視線をずらした先に、乗ってきたクルマが見える。

ナンバープレートは「野田」、男が記入した住所はここからほど近い松戸市だが、ナンバーは「習志野」じゃないのか？

「それじゃ、よろしくっす」

軽薄そうな声を残して客が去ると、深川は近藤に質問する。

「松戸のナンバーって、市川と違うんですか？」

「隣の市ですけど、こちらは『習志野』で、あちらは『野田』なんですよ」

身なりと仕草で疑ったのは早計だったと思い直したところに、遠藤が口を挿む。

「社長、すみませんが、すぐにあのマーチのエンジンを見てください。あの音……やっぱり変だ」

「さっき音を聞いたから分かってるよ。今日中に仕上げる予定のクルマもあるんだし、今じゃなくてもいいだろ？」

「わざとかもしれないんですよ」

二人のやりとりを聞くなり、深川は上着を羽織っていた。

あの男を取り逃がしてはいけない！

直感的にそう思った。

店の外に出て左右を見渡すと、数人が歩道を歩いているが……一番遠くに見えるのが、例の黒ずくめの男だ。

姿を見失わないよう、そして気づかれないよう徐々に距離をつめる。

向かう先は、どうやらJR市川駅のようだ。

駅に到着した男は、改札ではなく、高架下のスペースに設けられているショッピングセンターに向かう。惣菜店が並ぶ地下一階を迷うことなく奥に進み、トイレに入った。

続いて中に入るのはまずいと思い、深川は入口から少し離れた場所から様子を窺うことにする。

「深川さん」

ふいに後ろから声をかけられ、ビクッとした。

振り返ると、サングラス姿の男が微笑んでいる。声質と丸い顔の輪郭で、誰なのか分かった。

「遠藤さん、どうしてここに？」

「深川さんと同じ理由ですよ。貴方の後を追ってきたんです」

まさか自分も尾行されていたとは……男を追うのに夢中で、後ろは全く気にしていなかった。刑事や探偵はとても務まりそうにないと、つい苦笑してしまう。

あの後、遠藤も即座に作業用のツナギから普段着に着替えて飛び出したという。

「実は俺、ミステリーとかサスペンスが大好きなんです。本音を言うと、この前、園部さんに協力を頼まれてから、何か起こらないかなって期待してたんです。そしたら、いきなりって感じです」

なるほど。遠藤は以前、又聞きの情報から軽自動車のバッテリー上がりの原因をすみやかに特定したことがあったが、もともと推理好きだったというわけだ。

男が入ってから十数人が出入りしたものの、あの男はまだトイレから出てこない。ここは地下だから、窓から退散などという手は使えない。根気よく待っていれば現れるはずなのだが……。

「二対一だから、出てきたら取り押さえます？」

「いや、今のところ怪しいというだけですからね。確固たる証拠もないのに実力行使に出るのはまずい。このまま泳がせるべきです」

嬉々として語る遠藤の口調から、深川の頭には知人のミステリー作家、高沢のりおの顔が浮かんだ。

バイブが震えたらしく、遠藤は携帯をポケットから取り出す。

「社長からメールです。思った通りでした」

男が店の前にクルマを乗りつけた際、エンジンの異音を聞いた遠藤は、その原因を「四気筒エンジンの各シリンダーヘッドについているプラグのうち、一つが点火しないよう細工しただけ」と推測した。

近藤によると、つい最近、エンジンのヘッドカバーを脱着した跡があり、外してみると、プラグへの配線が一つ外されていたという。

「そうですか。今までは薄いグレーでしたが、これでかなり黒くなりましたね」

「はい。そう言えばあの男、マスク以外、全身黒ずくめでした」

「はは、たしかに、怪しさを体現してますよ……それにしても遅いなぁ」

深川がぼやいた時、一人がトイレから出てきた。

これといって特徴のない風貌、年齢は三十～四十歳くらい。ショートカットの髪にブルーのキャップ、グリーンのジャンパーを羽織り、赤いバックパックを背負っている。

深川が跡をつけてきた男とは全く異なる外見だが、こんな風体の男がトイレに入っていった記憶がない。こんな派手な恰好なのに、つい見落としたということか。通路を駅の改札の方に歩み去る男を見送りながら、深川は首を傾げた。

ふいに遠藤が肘で深川の脇腹をつついて囁く。

「あれ、そうです」

声が大きいとばかり、遠藤は右の人差し指を口にあてる。

「えっ、まさか!」

「服を着替えたんです」

髪のボリュームもバックパックの色も違う、と言いかけてハッと気がつく。髪がウイッグだったとしたら外すだけだし、バックパックは布製なのだから、「黒」バックパックの中に折り畳んでいた「赤」バックパックを広げ、代わりに「黒」を折り畳んで「赤」の中に入れればいい。

我々は、この男の尾行を開始した。

何で同一人物と分かったのか? 深川の疑問を察したかのように、遠藤は囁く。

「スニーカーです。あの男がウチの店に入ってきたとき、有名ブランドを真似たデザインがたまたま目に入ったんですよ」

なるほど、履物は意外とかさばるし、ありきたりのスニーカーに着目する者はまずいない。たまたま目に入ったというが、ミステリーに興味がある遠藤ならではの観察力というべきだろう。

しかしこれで、我々の勘が当たっている可能性はさらに高くなった。

男は犯罪に関わっている!

遠藤に尾行を任せると、深川は園部の携帯に電話した。

「お前が電話してくるなんて珍しいな。何事だ?」

「折り入って頼みがあるんだ」

「頼み？　もしかして交通違反で捕まったのか。俺から圧力をかけてもみ消してくれ、なんていうのは絶対無理だからな」

「そんなんじゃない。真面目に聞け」

深川は過去三十分の出来事と、要望を伝えた。

「俺の早とちりかもしれないが、一応、調べてくれないか？」

「分かった。で、そのクルマは近藤さんが預かってるんだな？」

「ああ。ナンバーとかクルマの情報は彼に訊いてくれ」

二人で尾行を続行し、状況は適宜メールで報告する旨を伝える。

「くれぐれも気をつけろよ」という言葉を残して通話が切れた。

間髪を容れず、今度は遠藤からのメールが着信する。

「各駅停車のホーム、千葉方面に向かう気配」

急いで改札を抜け、エスカレーターを上ると遠藤の姿があった。

あえて顔を合わさず距離を置いて立つと、すぐに追加のメールが届く。

「ホーム中央あたり」

何気なく目を向けた先に例の男が佇んでいる。

ほどなく津田沼行きの電車が滑り込んできた。深川は遠藤と共に、男の隣の車輌に乗り込む。

連結部にドアがない車輌だったので、つり革につかまる男の姿はこちらから一応、見える。目を合わせないよう時折チラ見すると、携帯を操作しているようだった。

市川から三駅目の西船橋で電車を降りた男は、総武線と交差する階上の武蔵野線のホームに上がった。湾岸を走る京葉線と合流する東京あるいは南船橋方面ではなく、埼玉方面、府中本町行きのホームだ。

武蔵野線は約十分間隔の運行、次の電車までは約七分ある。

遠藤は男から一五メートルほど離れた位置に立ち、深川はさらに数メートル離れて電車を待つ。その間に園部にメールを送った。

「武蔵野線で埼玉方面に向かうもよう」

電車が到着すると、例によって男の隣の車輌に乗り込む。

今度は連結部にドアがあるため、ガラス窓ごしに男の様子を窺うことになるが、気づかれた気配はない。よもやクルマ屋の従業員と偶然そこに居合わせた客に尾行されているなど、露程も思っていないだろう。

トイレでの大掛かりな変装は、そこかしこに設置されている防犯カメラへの対策と考えるのが妥当だ。

園部からメールが届いた。

「男が持ち込んだのは盗難車。昨日の夕方、千葉県警松戸署に盗難届けあり。記入された住所と名前は車検証と同じだが、電話番号はでたらめ」

深川は「納得」とばかり短く頷く。

近藤モータースで男が記入した住所と名前は、おそらく盗難車の車検証に記載されているものだろう。

そもそも深川が男に不審を覚えたのは身なりもさることながら、ペンの動きが時折止まり、ぎこちなかったからだ。他の事柄ならともかく、自分の名前や自宅の住所、電話番号を記入するのに躊躇することはない。

西船橋から三十分弱、男は吉川駅で降りた。

郊外の駅は乗降客が少ない。目立たないよう、深川と遠藤は別のドアからホームに降り立った。サングラスをかけた遠藤は男の二〇メートルほど後ろにつく。

深川はさらに一〇メートル以上離れて歩きながら、すかさず園部に「武蔵野線、吉川で下車」とメールした。

改札を出た男は、北口から真直ぐに延びる広めの道路の歩道を歩いていく。尾行を気取(けど)られやすい状況だが、幸い道沿いにある大型スーパーのおかげで人の往来がそれなりにあり、目立つことはなさそうだ。

道なりに五〇〇メートルほど進んだところで、男はT字路を右に曲がり裏道に入った。後に続く遠藤は曲がり角で一旦、立ち止まり、様子を窺ってから先に進む。その姿を見失わないよう、深川はいくぶん足を速めた。

裏道をさらに左折した先に遠藤が立ち止まっていたので、慌てて角の壁に身を隠す。ほどなく遠藤が引き返してきた。

「すぐ先のアパート、二階の一番奥です」

頷いた深川は携帯の地図アプリで現在位置を表示させ、スクリーンショットで記録し、「男のアパートを特定」というメールに添付して園部に送信した。スマートフォンというのはつくづく便利な道具だ。

すぐに返信があった。

「所轄の警察署に応援を頼む。それまで見張りよろしく」

警察が来るのを待つだけとはいえ、アパートの真ん前に二人でつっ立ったままでいると目立つし、下手すると男に気づかれてしまうかもしれない。

どうしたものか尋ねると、遠藤は「とりあえず、セールスマンの真似でもしますか」と、サングラスを外した。

戸建や集合住宅の表札を確認するふりをしたり、携帯で調べものをするふりをしたりしながら、問題のアパートのドアを視野に入れながら歩く。買い物袋を提げた中年女性と、柴犬を連れた高齢の男性とすれ違ったが、注目されることはなかった。

続いてやってきたのは上背のある細身の男だった。

その服装に引っかかるものがあったが、まじまじと見るのはまずいと思い、とっさに遠藤に話しかける。

「えっと、この辺りはだいたい済みましたよね……」

一瞬、間が空いたものの、遠藤はすばやく応じる。

「そ、そうですね。次は表通りの反対側を回ってみましょうか」

男とすれ違ってから十秒ほど、互いに目配せし、気取られないように振り返る。

グリーンのキャップ、ブルーのジャンパー、紫のバックパック……色の組み合わせこそ違うが、追ってきた男と同じイメージだ。

したがって、男が例のアパートの階段を上がり、二階の一番奥の扉を開けるのを見ても驚きはなかった。

約十分後、スーツ姿でがっしりした体格の二人が、こちらに向かってきた。

「深川さん、遠藤さんですね。ご協力感謝します」

そう言いながら、上役と思しき目つきの鋭い男が警察バッジを示す。これが私服刑事というやつか……親友の園部よりもよほど頼もしい。

追ってきた男に続いてつい先程、別の一人がアパートの部屋に入ったことを告げた。

「二人か……応援、呼んだほうがいいな」

はい、と頷いた部下と思しき刑事がすぐに携帯で電話する。

十分後、制服姿の警官が二名、パトカーでやってきた。

私服刑事二人と警官一人は階段を上り、残る警官はアパートの反対側に回る。

「窓から飛び降りて逃走するのを防ぐためですね」

現実の捜査現場を目の当たりにして、遠藤は満面の笑みを浮かべる。

「たかが自動車泥棒を捕まえるのに、大袈裟すぎませんか？」

深川の問いに、相手は軽く右手を横に振る。

「いえいえ、ウチに持ち込まれた盗難車はさておき、問題はあれを使ってどんな犯罪行為が行われたか、ですよ」

たしかにそうだ。

三分後、刑事がドアのベルを鳴らした。

任意同行を求められた男二人は、抵抗することなく拘束され、パトカーに乗せられた。

あっけない幕切れに、遠藤はポツリとつぶやいた。

「派手な捕り物劇が見られると思ったのに、これじゃあまるで、クライマックスのないドラマだ」

11

「なんと、あの男は現金強盗犯だったんですか！」

近藤は目を丸くする。

翌日、深川と共に近藤モータースを訪れた園部は、捜査協力への礼を述べた上で、事の経緯を伝えた。

――一昨日の午後四時頃、千葉県松戸市郊外にある会社の駐車場で、停車していたコンパクトカーが盗まれた。

盗まれたマーチは会社に定期的に出入りする業者のもので、毎度ごく短時間の用事のため、エンジンをかけっぱなしにしてクルマを離れるのが常だったという。犯人はその習慣を知っていて、ドライバーが屋内に入ったのを見計らって犯行に及んだ。

無用心なことはなはだしいが、コンビニでもエンジンを切らずに入店する客はいる。エンジンが止まればエアコンも切れる。寒いこの時期、車内を適温のままにしておきたいという横着者は結構いる。

実行したのは、近藤モータースにクルマを持ち込んだ男（犯人A）だった。

昨日の午前十一時過ぎ、東京都足立区入谷で、飲食店を営む男が信用金庫から入用の現金を引き出して店に戻る途中、現金百万円が入ったバッグを、背後から近づいてきた男にひったくられた。

犯行を行ったのはもう一人の男（犯人B）で、こちらも被害者が毎月、決まった日時に現金を引き出す習慣を知っていた。現金の入ったバッグを奪った犯人Bは、俊足を活かしてあっという間に被害者の視界から消えた。

現場近くに盗難車で待機していた犯人Aは、犯人Bをクルマに乗せると、埼玉高速鉄道の南鳩ヶ谷駅に近い三ツ和公園付近まで運んで降ろした。

それから犯人Aは最寄りの新郷インターで首都高速川口線に乗り、外環道に入って市川北インターで高速を降り、近藤モータースにマーチを預けた。その後の足どりは、深川たちが追跡した通りだ。

一方、犯人Bは三ツ和公園内のトイレで全身黒ずくめから服を着替え、徒歩で南鳩ヶ谷駅に向かい、電車に乗った。そして東川口で埼玉高速鉄道からＪＲ武蔵野線に乗り換えて吉川に至った——。

「かいつまんで言うと、こんなところです」

園部の説明が終わるなり、遠藤が口を挿む。

「クルマを盗んだのが、一昨日の午後四時で、現金を強奪したのが昨日の午前十一時過ぎってことは、その間、クルマはどうしてたんでしょうね?」

「盗んだ松戸市の西隣に位置する三郷市内に、路上駐車していたそうです」

「う〜ん、ずいぶん無用心というか、間が抜けてますね」

近藤の素直な感想に、遠藤は異を唱える。

「いえいえ、犯人の立場だったら、しごくまともな選択ですって」

「え、そう? 盗んだ場所の近くだし、人目に触れるところに置いてたら、まずいんじゃないの」

「そんなことないです。たしかにお隣ですけど、松戸は千葉県で三郷は埼玉県、つまり警察の管轄も違う。てことは情報がうまく伝わらない可能性も高いし、二つの市の間に流れてる江戸川の河川敷付近だったら路駐しても迷惑にならないし、気に留める人もいませんよ」

「たしかに……」

「路駐している間、駐禁を取り締まる監視員の目に留まってステッカーを貼られたとしても、もともと盗難車だから気にすることはないし、運悪く警察に発見されてしまったとしても、計画を中止すればいいだけのことです」

「ああ、クルマが無傷で戻ってくれれば、警察も犯人捜しにやっきになることはないだろうし、改めてトライすればいいってことか、なるほどな」

遠近コンビは概ね納得したようだが、深川にはまだ不可解な部分がある。

「クルマを盗んだのが千葉県、路駐したのが埼玉県、現金を奪ったのが東京都、そしてクルマを手放したのが千葉県、つまり移動距離は近いがそれぞれ管轄が違う。縄張り意識が強くて横通しがお粗末な警察組織の弱点を見事に突いたというべきだな。

しかし、犯人は移動に高速道路を使ったんだろ。多額の税金をつぎ込んでる監視システムに、盗難車のナンバーがひっかかるんじゃないのか?」

園部は露骨にムッとした顔をする。

「警察の縄張り争いとか、その弊害で捜査が滞るっていうのは、ドラマの中での話だ。実際には警視庁と近隣の県警はかなり密に連携を図ってる。現に、こちらからの依頼に埼玉県警がすみやかに動いてくれたから、最短で犯人を確保できたんだろうが!」

「悪い悪い、前言は撤回する。だが、それなら余計に盗難車の足どりがつかめなかったのはなぜなんだ?」

「それは……ちょっとした盲点を突かれたんだ」

「盲点とは?」

もしかして、と今度は近藤が口を挿んだ。

「ナンバープレートが偽装されたんじゃないですか?」

「ご明察、そうなんですよ」と、園部は頭を搔いた。

「ナンバーの偽装って、結構、大変なんじゃないですか？」

いえいえ、と近藤は手を振る。

「我々のようなクルマ屋だったら、ナンバープレートを手に入れるのは難しくありません」

「車体の後ろのプレートには、封印がありますけど……」

「あれも、うまく外す方法はあるんです」

「ということは、犯人は同業者ってことですか？」

「いえ、そうではなくて……おそらく今回のはナンバープレートそのものを差し替えたのではなくて、上から異なるナンバーをプリントしたシートを貼ったんじゃないかと思うんです。例のクルマのナンバープレートは前後二枚とも、わずかですが接着剤の跡のようなベタつきがありました」

深川が疑問を呈する間もなく、遠藤が説明を補足した。

「ナンバープレートはエンボス加工してありますけど、数字や文字に陰影をつけて凹凸があるように見せかけることはできるし、家庭用のプリンターで出力できるシートもいろいろあります。それに、カーアクセサリーのナンバープレートフレームのようなものを組み合わせて取り付ければ、パッと見には上から貼っただけなんて分からないでしょうね」

そうか、と深川は手を打つ。

「犯人二人は、犯行前にナンバープレートの上に偽装ナンバーのシートを貼った。現金を奪った後、短時間で犯人Bを降ろした犯人Aは、すみやかに高速に乗った。一般道だと、信号待ちの時に後続車のドライバーにナンバーがしっかり見られてしまうから、偽装がバレないとも限らない。

だが、各走行車の車間が離れている高速だったら、そのリスクはほとんどない。そして市川北で外環道を降りてから偽装ナンバーのシートを剝がし、エンジンプラグの配線を一つ外してエンジンに不具合が起こったように見せかけ、ここにクルマを預けた」

「外環道を降りると、国道298号なんですが、その側道はフェンスにさえぎられて人目につかない箇所がいくつもあって、その手の作業にはうってつけです。さらに表通りから外れたウチにクルマを修理に出せば、盗難車は一週間は発見されません」

「犯人Aがあの時、記入した電話番号はでたらめだったんですよね。だったらすぐにバレませんか?」

いえいえ、と遠藤に代わって近藤が答える。

「記入された名前と住所が車検証と一致していたわけですから、こちらから電話するのは修理の目途がついて見積もり額を知らせる時、もしくは予期しない故障が見つかって作業が遅れそうな場合です」

たしかに、深川が修理を依頼した時もそうだった。

「となると、それまでの間、盗難車は発見されず、発見されたとしても不審車のナンバーとは一致しない。しかも、マーチはそれなりに見かけるクルマだから、現金強奪との関連を疑われる可能性は皆無……」

深川の言葉を園部が静かに継ぐ。

「クルマの盗難の方は、十日前後のうちに無傷で持ち主の手に戻れば、それでおしまいだ。現金強奪の方も殺傷沙汰じゃないし、そこまでたいした金額じゃないから、大掛かりな捜査は行われないだろう。

つまり、被害者は泣き寝入りということになってしまう。だが、小規模事業者にとって一度に百万円を失うのは、ヘタすると倒産につながるくらい大変なことだ」

「ほう、国家予算で食わせてもらって、金の心配なんかしたことがないお前にしては、殊勝なことを言うじゃないか」

「うるさいな。俺はこれでも入庁以来一貫して、近隣とのふれあいを大切にし、愛される公僕を目指してるんだ。些細な事件だって、なるべく解決したいと思っている。

そのために、俺にはない知識と経験を持つ身近な人たちに協力を仰いでいるんだ。今回はまさに、それが功を奏したんだよ」

全くその通りだ。親友の姿勢に感心した深川だったが、ふと、先ほどの件が気になった。

「で、ナンバープレートの件だけど、実際のところ、どんな風に偽装されてたんだ？」

「さっきの近藤さんと遠藤さんの説明通りだよ。犯人Aのバックパックの中から、剝がした偽装ナンバーのシートとフレームが見つかった」

「おお、物証があればぐうの音も出ないな。で、奪われた現金の方は？」

「それは犯人Bのバックパックの中にあった。全額、押さえることができたよ」

「まあ、盗んでから帰宅するなり確保されたわけだから、使ったり隠したりする時間はないよなぁ」

「ああ、遠藤さんとお前が機転を利かせて尾行してくれたおかげだ。本当に感謝してるよ。犯人は捕まっても、盗まれたのが現金だと、持ち主に戻らないケースが多いからな」

他人から現金を奪うのは、犯人が金に窮しているからだし、金を使いたいからだ。犯人確保に時間がかかればその分、保全される金額は減る。

園部は遠近コンビに改めて礼を述べ、今後とも協力して欲しい旨を伝えた。

12

冷房を使用しなくて済む冬場は、故障の心配さえなければ635は快適だ。

ヒーターは強力で、エンジンをかけるとすみやかに足元が暖かくなる。

このクルマが開発された七〇年代、ヨーロッパは夏の暑さより冬の寒さ対策の方が重要で、高性能、高価格のクルマでもエアコン（冷房）を標準装備していないものもあったらしい。対して高温多湿の日本では、当時、エアコンの普及率はヨーロッパよりもずっと進んでいたと思われる。

というわけで、６３５は気温が低い分には問題はないのだが、積雪や路面凍結という事態に至るとお手上げだ。ＦＲ（後輪駆動方式）は悪路に向いていないし、趣味だけのクルマのためにスタッドレスタイヤを履くつもりもない。幸い東京はほとんど雪が降らず、晴天の日が多いので、路面の心配はほとんどない。

仕事の合間の息抜きに、深川はいそいそとクルマを動かした。

どんよりと低い雲がたれこめる休日、園部が自宅を訪ねてきた。相談があるという。

「都内郊外で窃盗が多発してるんだが、捜査が後手後手に回ってしまってまずい状況なんだ」

「ふうん、それは大変だろうけど、俺に話したところで何にもならないよ。それに何で警務部のお前が関わってるんだ。窃盗だったら、えっと……捜査三課が担当するんじゃないのか？」

「その三課の知り合いから、知恵を貸せって頼まれたんだよ。この間、お前の機転もあって、現金強奪事件がスピード解決しただろ。あの時の経緯を話したら、ぜひクルマに詳しい二人のアドバイスが聞きたいってことなんだ」

「というと遠近コンビ？　それなら知らぬ仲でもないんだし、お前から直接、尋ねればいいじゃないか」

「そうできればいいんだが、言い出しにくい事情があってな……一連の犯罪に自動車関連業者が関わっている可能性が濃厚なんだ」

つまり、疑いがかかっている同業者に直接、話すのは気が進まないということのようだ。いかにもこの男らしい。

「分かった。まずは俺から持ちかけてみるよ」

「恩に着る」

園部は現時点で得られている情報を深川に語った。

「そんな気を使わなくてもいいのに、あの人はホント、キャリアっぽくないな」

園部から言付かった情報を伝えるにあたって深川がその前置きを語ると、遠藤は予想通りの反応だったが、近藤のニュアンスは少々違った。

「おそらく園部さんは、業界への影響を心配してくれてるんだと思います」

「え、どういう意味ですか?」

「私たちのような町のクルマ屋は、大手メーカーの正規ディーラーとは違います。素性がよく分からない客や車輌を扱うこともあります。この前の犯人もそうですが、『急に調子が悪くなったから修理してくれ』とクルマを持ち込まれれば無下に断わるわけにはいきませんし、客をえり好みしていたらやっていけないという厳しい現実もあります」

「そう……ですね」

「例えばクルマ好きの中には法律に適合しないような過激な改造を望む人もいますけど、高価なパーツをいろいろ使いますし、工数もかかりますから、クルマ屋にとってはありがたい客なんですよ」

「暴走族とか、ローリング族やルーレット族といった走り屋の連中ですね」

「平たく言えばそうです」

「ウチは社長の方針でその手の改造はやりませんし、頼まれてもはっきり断わりますから、儲からないんですけどね」

口を挿んだ遠藤の肩を、近藤はポンとたたく。

「コツコツ地味にやっていくんでいいんだよ。警察の目を気にしながら商売するのは、性に合わないんだ」

そういえば、と深川は思い出したことを口にした。

「違法改造車って、車検の前になると検査を通すためにノーマルの状態にして、パスした後で元に戻すって聞いたことがあります。それだって専門の業者がやるんですよね？」

近藤は短く頷く。

「それどころか民間車検の資格を持つ業者が、陸運局への持ち込み検査では到底パスしないようなクルマを、見て見ぬふりをして通すこともあります」

「近藤さんは、そういう同業者とのつきあいというか、取引はあるんですか？」

「ウチから作業を外注する板金とか電装の業者は、違法改造には手を出してないと思いますが……断言はできません。今はクルマ離れが進んでいて、どこも大変ですから」

なるほど、中小、零細の業者が食べていくためには、真っ黒な違法行為には足を踏み入れないとしても、シロとクロの間に横たわる広いグレーゾーンには手を染めざるを得ないということだ。

遠近コンビに協力を仰いだ場合、捜査の過程で（厳密な法に照らせば）不都合な事が出てこないとも限らない。その際、園部はともかく頭の固い連中が近藤やその取引先に、追及の矛先を向けないとは限らない。

とりあえず話を聞かせて欲しいという二人に、深川は園部から聞いた情報を伝えた。

――東京郊外で深夜、店から貴金属や現金が盗まれる事件が、この一ヶ月の間に立て続けに発生している。

これまでに時計店、喫茶店、雑貨店、衣料品店の四件が被害に遭っているが、いずれも侵入が容易な小規模店舗。被害額は時計店が商品と現金、合わせて約二百八十万円と突出しており、他は十～三十万円程度である。

犯人はターゲットとなる店の近くにクルマで乗りつけ、シャッターをこじあけ、ドアを破壊して強引に侵入し、レジに入っている現金や金目の商品を奪って逃走。手口が共通していることから、数人からなる同一犯による犯行と考えられる。

被害に遭った全ての店舗に防犯カメラが設置されており、犯行におよぶ二人の様子が映っていたが、目出し帽に黒のシャツとズボンという姿のため、中肉中背の男だろう、ということしか推測できない。もう一人、ドライバーがいるようだが、一度も映像には映っていない。

被害に遭った四店のうち三店は警備会社のセキュリティシステムを導入しており、いずれの場合も侵入時にシステムが作動した。だが十五分~二十分後に警備員が駆けつけた時、犯人はすでに逃走した後だった。

三件目が発生した際、パトロールを強化すべきとの意見も出たが、場所が絞れないため特別な措置はとられなかった。結果、犯行は繰り返され、使用されたクルマも見つかっていない。

二回目以降は、現場から逃走する際の目撃情報が得られており、犯行に使われたクルマの車種はスズキ ジムニー(二回目)、ホンダ N-BOX(三回目)、ダイハツ ネイキッド(四回目)の三種類ではないかと推測されている。

ジムニーは長い実績があるSUVで、使い勝手のよさとリーズナブルな価格で需要が高い。ちなみに深川がロケに出かける際に使っているジムニーシエラは、軽自動車(黄ナンバー)ではなく、排気量が大きい小型乗用車(白ナンバー)である。

N-BOXは軽ワゴンのベストセラーで、都市部から郊外、田舎に至るまであらゆる場所で見かける。名前の通り四角い箱のような形をしている。

ネイキッドは「むき出し」という名が示すように、滑らかとは対極にある意欲的なデザインで話題になった。ＳＵＶとワゴンの中間的な位置づけだが、各パーツをつぎはぎしたような奇抜な外観が一般には受け入れられず、ヒット作とはならなかった――。

「一回目の犯行は目撃者がいないので、それ以外の車種が使われた可能性も否定できない、とのことでした」

深川が説明を終えると、すかさず遠藤が口を開いた。

「よりによって軽自動車ですか？　この種の犯罪には似つかわしくないですよ。でかいワンボックスとかＳＵＶ、でなかったらやたらとスピードが出るクルマでしょ、ふつう」

「映画やドラマに倣えば遠藤君の言う通りだね。しかも、軽自動車の中でも鈍足の部類に入るものばかりだしな。まあ、どれも室内はまあまあ広いから、数人乗れて、盗品も積めるだろうけど……」

「そしたら車重が増えるから、余計に逃走には向かないですって」

「だとすると、わざわざそういうクルマを選ぶ理由はあるかな？」

「う〜ん、生産台数が多い国産車だから、車輌を特定しづらいというメリットはありそうだけど、ネイキッドは他の二つに比べれば数がずっと少ないし外見も変わってるから、それなりに目立ちますよねぇ」

「そうだね。他には？」

「えっと……ああ、そうだ！　軽自動車は車体の幅と長さが短いから、狭い裏道なんかは走りやすいし、逃走後に隠しておくのに有利です。それが一番の理由かな」

「おそらくそうだよ！」

二人で勝手に納得したところで、近藤は改めて深川に質問する。

「どういう理由で、警察は自動車関連業者が関与してると考えてるんでしょう。犯行に何種類ものクルマを使ってるからですか？」

「理由の一つはそれだそうです。いずれのクルマも盗難届けは出されていません。そして三台も監視カメラにナンバープレートが映っていたそうなんですが、いずれも登録されている車種と異なっていたそうです」

「つまり、犯人はクルマを自由に扱えるということですね。たしかに、同業者であることを物語っている気がします。その他にも何かあるんですか？」

「はい。もう一つは逃走に使われたクルマが、忽然と消えてしまうことなんです」

「消えてしまうとは？」

「都内の幹線道路には車輌監視システムがありますし、その他にもコンビニなんかの防犯カメラとか対向車のドライブレコーダーとか、いろんなところにカメラがあります。それらを丹念につないでいけば、逃走ルートと行き先はかなり絞り込めるらしいんですが、一連の事件では、犯行現場からさほど遠くない場所で軌跡が途絶えてしまうらしいんです」

「犯行場所は東京の郊外ってことでしたけど、広範囲なんですか？」

「いえ、同一犯と思しき盗難事件が発生したのは福生市、武蔵村山市、東大和市そして立川市、東京都の地図で言うと真ん中辺りに集中しています。そして行方が分からなくなるのは武蔵村山市の南側、立川市の市境に近いあたりだそうです」

それを聞いた近藤は大きくため息をつき、肩を落とす。

「だとすると、たしかに同業者の可能性が大きいです……」

以前、かの地には大手メーカーの工場があり、それを取り巻くように自動車関連の会社が集まっていた。工場が閉鎖された後も、クルマ関係の店が多いエリアだという。

レアなクルマを販売するディーラー、エクステリアやインテリアに個性的なカスタマイズを施す工房、スポーツカーに最大限のチューニングを行うショップ、そのためのパーツを加工する工場など……。

その手の事業は、クルマ好きのユーザー層が厚ければ十分成り立つが、若年層のクルマ離れが加速しているこのご時世、かなり厳しいかもしれない、と近藤は静かに語った。

「エリアは絞り込まれているんですが、幹線道路から外れると監視カメラはないですし、深夜だとドライブレコーダーを搭載した対向車も滅多に通りませんから、場所を特定することはできないそうです」

「私たちと同業だったら当然、屋内の作業場がありますから、そこにクルマを突っ込んでシャッターを下ろしてしまえば外からは見えませんし、すみやかにナンバープレートを交換してしまえば、後で警察が聞き込みでやってきても別のクルマだと言い張れますね。

軽自動車は一般の車輌と違ってプレートの封印がありませんから、交換するのも盗むのも瞬時です」

そこへ、ミステリー好きの遠藤が口を挿む。

「ガレージに入れられてしまったら、事件の連続発生を受けて警戒にあたっていた刑事が偶然、屋外駐車場でボンネットが温かいクルマを見つけたのがきっかけで捜査が進展する、なんて虫のいい話はないでしょうしね。

それに単なる聞き込みだったら、建物の中を見せてくれと言われたら拒否するクルマ屋は多いんじゃないですか。違法マフラーやらエアロパーツやら、見つかったらヤバいものがいろいろ転がってるかもしれないから……」

「警察の要求を拒むことってできるのかい？　ドラマなんかでは、警察はずかずか中に入ってくるじゃないか」

「ドラマは、そこが犯罪現場だったり、犯人の容疑が固まったりして、令状が出てるという設定なんですよ。任意の場合、我々は公然と警察の立ち入りを拒否することができるんです」

「ああ、そうか。まあウチは隠さなきゃいけないものもないから、ガレージの中を見せろって言われたら、素直に応じるけどね」

「ははは、たしかにウチには何にもないですね。それに、断わったせいで目をつけられるのもイヤですし、やましいことがないなら、お上には逆らわないに限ります。

ところで深川さん、犯行の際に目撃された三台なんですけど、どんな色か分かってるんですか？　当然、目立たない色なんだろうけど、一応、念のため」

あっ、大きな情報が抜けていたことに深川は気づいた。

「肝心なことを忘れてました。ジムニーはイエロー、N－BOXはブルー、ネイキッドはレッドだったそうです」

「ええっ、何だそれ！　犯罪に使われるクルマはモノクロという常識を覆す派手なカラーリングとは、犯人は一体、何を考えてるんだ」

「ちょっとばかり目立ちたいだけなんじゃないのか。でなければ、警察を挑発してるとか。狭いエリアで同じ手口で窃盗を繰り返すところからしても、あまり賢いとは言えないし」

訳が分からないとばかり首を振る二人に、深川は園部の依頼を伝えた。

「この一連の事件は殺人や傷害じゃないですし、時計店以外は被害が少額で、時計店も損害保険で相当額が補償されるみたいです。つまり警察は多くの人材を割いてまで捜査はしないでしょう。クルマ絡みなので、園部はお二人の着眼点を頼りにしてます。もし些細なことでも気づいたことがあったら、ご連絡ください」

よろしくお願いします、と深川は園部に代わって頭を下げた。

13

三月はドライブにはいい季節だ。気温はちょうどよく、日照時間も長くなる。

昔と今とではクルマは各所が違っているが、ライトもその一つだろう。

今どきのクルマは、ヘッドライトがとても明るい。深川が以前、乗っていた86は、夜間でも視界が悪いと感じたことはなかった。

635のライトは、86と比べるとかなり暗い。街路灯によって明々と道が照らされている都内でも、雨天の夜は心もとない。

そしてライトが明るくなっているということは、走行時の対向車の眩しさも増しているということだ。ヘッドライトの明るさには上限の規定がないらしく、ドライバーの安全性向上を図るためとして、新型が出るたびにより明るくなる傾向にある。対向車のライトが眩しいと目が疲れるし、真正面から浴びると視界が大きく妨げられる。

明るすぎるのも問題だ、などという考えが浮かぶのも、古いクルマに乗っているからかもしれない。

そんなある夜、園部から電話がかかってきた。

三月初め、同一犯による（と思われる）、通算五回目の盗難事件が発生したという。被害に遭ったのは立川市にあるバッグ専門店で、被害は現金と商品、合わせて約百五十万円。

逃走するクルマの様子が、現場に近いコンビニの防犯カメラと、幹線道路の監視カメラに映っていた。

「人的被害がないとはいえ、さすがに五回となると、警視庁の面子は丸つぶれだな」

「まったくだ。実は先月下旬に四回目の事件が発生した後、所轄の警察署はパトロールをさらに強化したし、捜査の人員も増やしてるんだ」

「被害が拡大してようやく重い腰を上げる……つくづくお役所っていうのは、おめでたいな」

「そう言われると返す言葉がないが、人を増やしたことで新たな情報が手に入ったんだ」

園部によると、事件発生から約十分後の午前一時四十分頃、犯人の拠点と目されている武蔵村山市内で、犯人のものと推定されるクルマの姿が、すれ違ったタクシーのドライブレコーダーに映っていたという。

交通事故や客とのトラブルに対処するため、最近は高性能な機材を搭載して常時、録画しているタクシーも多い。とはいえメモリーの容量の関係で旧いデータは上書きされていくので、映像の記録は半日〜二日分しか残されない。

今回、ドライブレコーダーのデータが確保できたのは、四回目の事件の後、立川市と武蔵村山市に営業所を置くタクシー会社に対して、不審なクルマを見かけたりすれ違ったりした場合、すぐに連絡するよう要望したことが功を奏したという。

ドライバーが見たのはブルーのジムニーで、ナンバーは監視カメラに映っていたものと同じだった。

事前に伝えられていた情報と色は異なるが、車種が同じなので、気になったドライバーが勤務を終えて営業所に戻った際に報告したことで、警察の知るところとなった。

ドライブレコーダーの記録から、すれ違った場所がすみやかに特定された。犯人の拠点は従来の範囲から更に狭まり、隣接する「甲」と「乙」、二つの自動車関連業者に絞られた。

その一帯は一般住宅、マンション、アパート、各種商店、資材置き場、倉庫、町工場などが混在しているエリアだ。

「ほう、それで早速、その二箇所を訪ねたら、ガレージの中から犯行に使われたクルマが見つかり、めでたく犯人確保となった。今夜はそれを報告するために電話してきたというわけだな」

予想とは裏腹に、小さなため息が受話器越しに伝わる。

「残念ながら空振りだった……」

「犯行に使われたクルマは、そこになかったということなのか？」

園部は捜査担当者から伝え聞いた情報を語った。

「そうだ。いや、実は『甲』の敷地にはネイキッド、『乙』のガレージにはジムニーがあったんだが……」

「犯行に使われたクルマではなかったということか」

「ああ、両方ともボディがブラックだった。ナンバーもドライブレコーダーに映っていたのとは違っていた」

「そうか、残念だったな。ちなみにその『甲』と『乙』は何の業者なんだ?」

「『甲』は中古車販売業で、敷地には二十台ほどクルマが置いてある。内訳は軽自動車から高級外車まで様々だが、メインはSUVのようだ。

『乙』は板金・塗装業で、屋外には事故でボディの一部が凹んだ修理待ちのクルマが二台、屋内には塗装作業中のが一台、板金作業中のが一台、そして例のジムニー……これは板金が終わって、これから塗装に入るらしい」

「ということは、ボディのどこかに、傷を修理した跡があるんだね」

「右のドアの凹みが、パテでキレイに埋められていた」

「ふうん、近藤さんが言っていた通り、あの界隈はクルマ屋がいろいろあるんだな。で、俺に電話してきたのはどういう訳なのかな。わざわざ失敗談を伝えるためじゃないだろうから……お前なりの考えを披露して、感想を聞きたいってことか?」

「察しがいいじゃないか。結論から言うと、やはり俺はこの業者が怪しいと睨んでいる」

「えっ、塗装待ちのジムニーは別物だったんだろ。だとしたら、犯行に使われたクルマはどこに行ったんだ？」

「タクシーが営業所に戻ったのは、犯人のクルマとすれ違ってから約三時間後で、捜査員がこの二箇所を訪問したのはさらに数時間後、午前九時頃だ。つまり、クルマを改めて移動させる時間は十分にある」

たしかにそうだが、深川の頭には新たな疑問が湧く。

「しかし犯行に使われたクルマは、ナンバーは犯行の時からさらに変えられているかもしれないが、色は分かっているわけだから、道を走れば監視カメラに映ったり、巡回中のパトカーに見つかったりするんじゃないのか？」

「それが、発見されない方法があったんだよ！」

「ほう、お前が思いついたのがどんな方法なのか、ぜひ拝聴したいな」

いや……と園部は口を濁す。

「実はそれを見つけたのは、俺じゃなくて高沢さんなんだ。以前、クルマのバッテリーが何度も上がってしまう原因を探ってもらったとき、お前は高沢さんにも相談しただろ。残念ながら外れはしたけど、ミステリー作家ならではの筋が通った推理を披露してくれたじゃないか。

だから今回の事件についても、何か見つけてくれるんじゃないかと思って、俺から訊いてみたんだ」

「そしたら、すぐに答えが返ってきたと……」

「ああ、たいしたもんだよ。高沢さんは『謎を解く基本は、しっくりこない違和感のある事柄に着目すること』だって言うんだ。一連の事件でそれに該当するのは、犯人グループが移動に軽自動車を使っていることだろう。そこで軽自動車の特徴あるいはメリットは何かを改めて考えてみると……」

「そうだねぇ、燃費がいいとか、税金が安いとか、車庫証明がいらないとかいろいろあるけど、一番はやっぱりボディサイズが小さいことだよな。最近の軽自動車は全高がけっこう高いのもあるけど、全長と全幅は5ナンバーのコンパクトカーよりずっと小さい」

「その通り。軽自動車のサイズは全長三・四〇メートル以下、全幅一・四八メートル以下だ。高沢さんによると『ものを隠すのに一番、手っ取り早い方法は、それを自然なもので覆う、あるいは包んでしまうこと』なんだそうだ。隠したいものが犯行に使ったクルマだとすると……」

「あっ、そうか！」

深川は思わず大声を上げていた。

「軽自動車の大きさなら、普通のトラックに積むことができる。荷台がアルミで覆われているアルミバンなら、積荷は外から見えない。犯行に使った軽自動車をトラックですみやかに運び出した……そういうことだろ？」

「まさしく、それが高沢さんの推理だ。犯人が軽自動車を使う理由は、それ以外には考えられないと俺も思う。となれば、事件発生時から警察が『甲』と『乙』を訪ねる間の時間帯に、付近の監視カメラに映っているトラックを調べればいい」

「ええっ、トラック全部を調べるって……すごい数なんじゃないか?」

「いや、現場の近くは大型トラックは入れないから、四トン車以上は除外していいと思うし、アルミバン以外も除外していい。さらに素性がはっきりしている運送会社を除外するとかなり絞ることができる」

「なるほど。トラックが特定できれば、犯行に使われたクルマまで行きつける可能性は高いな。事件が早く解決することを祈ってるよ」


一週間後、再び園部から電話があった。

第一声から、結果が芳しくなかったことは明らかだ。

武蔵村山周辺の監視カメラ、「乙」周辺のコンビニなどの防犯カメラ、タクシーのドライブレコーダーを精査し、二十台ほどトラックをピックアップして追跡した結果、いずれもシロであることが判った。

「これで終わりだと確信してたんだが、残念だ」

「そうか。手間をかけたのにダメだったとなると、追跡調査を進言したお前への風当たりも強いんじゃないのか？」

「いや、所轄の東大和署でも俺と同じことを進言した荒木という刑事がいて、彼の方が大変なんだ。何人もの署員を動員して骨を折らせた挙句、成果が出なかったわけだから、署内で相当、非難されているらしい」

「なんだよ、それ。俺が言いたかったのは、部外者である本庁のお前がいらぬおせっかいを焼いたのに対して所轄の人たちが不満をいだいても仕方ないってことだよ。

　しかし管轄内で発生した犯罪を解決するのは、まさに彼らの任務じゃないか。そのために署内で提案を行った者を非難するのは筋違いだし、だったら代わりに犯人を挙げてみろって言いたいよ」

　受話器から、押し殺したような笑い声が聞こえる。

「何がおかしいんだ？」

「悪い悪い。柄にもなくお前が熱く正論を語るから、つい……な。しかしお前が怒るのも道理だ。組織がそんな体質だと、たとえいいアイデアを思いついたとしても、外れた時のバッシングを恐れて口に出せなくなる。それじゃ、いつまでたっても捜査の精度は向上しないし、犯人は捕まらない」

「典型的なお役所体質だな。給料が保証されてるから余計な仕事はしたくないんだろうが……火の粉が飛んでこない本庁のお前は、矢面に立たされているその荒木という刑事のことは対岸の火事として黙殺するのか？　救いの手を差し伸べてやったりはしないのか？」

すーっと息を吐く音が伝わる。

「俺は、荒木刑事を支援するつもりだ。彼も『乙』が本ボシだと睨んでいる。実は近藤モータースの二人にも相談してみたんだが、彼らもやはり『乙』が怪しいという意見で、もしかすると『甲』も絡んでる可能性があるって言うんだ」

園部は「犯人グループがクルマを隠した方法」について、遠近コンビが推理した内容を語った。

「なるほど、それは十分あり得る。なぜ、ああいうクルマが犯行に使われたかも説明がつく、さすがクルマのプロだ。だけど立証するためには、事件発生後、すみやかにその現場を押さえる必要があるよね。どうするんだ？」

「こちらからは何もできないから、所轄の荒木さんを頼るしかない。名誉挽回のために、きっと頑張るだろう」

「二人の推理が正しいとすれば、犯行を起こすフラグを捉えることも大事だね」

「ああ、荒木さんにはちょくちょく探りを入れてもらう必要があるな」

次こそ捕まえてやる、という園部の声には自信が感じられた。

14

三月末、六回目の窃盗事件が発生し、その直後、事件はあっさり解決した。

園部が遠近コンビの推理を伝えた上で協力を求めると、荒木刑事は「ぜひ」と快諾し、「乙」に対する内偵捜査も買って出たという。

それにより、（あくまで遠近コンビの推理が正しいという前提においてだが）次の犯行がおおよそ予測でき、東大和署は犯人グループ確保に向けての態勢を事前に整えることができたらしい。先のトラック調査で非難されたにもかかわらず、他の署員が荒木刑事の捜査に協力せざるを得なかったのは、それを凌駕する推理が誰からも提示されなかったためと思われる。

事件当夜、「乙」のガレージから三人が乗り込んだオレンジ色のスズキ ハスラーが出て行くのを、付近に張り込んでいた荒木刑事は目撃していたが、交通量がほとんどない深夜なので尾行はしなかった。できなかったと言う方が正しいだろう。

よって現行犯での逮捕は叶わなかったが、福生市の居酒屋での犯行を終えたグループが「乙」のガレージに引き揚げてきたところで、待ち構えていた東大和署員たちに確保された。

取調べにより、「甲」と「乙」二つの業者のオーナーと従業員、計五人が関わっていたことが判明した。遠近コンビの推理が見事に的中したことになる。

犯行の動機は「世の中全般、特に若年層のクルマ離れによる売上げの低迷で経営が厳しく、金が欲しかった」というありがちなものだが、警察の目を欺くスリルと金品を奪い取る快感を抑えきれなかったことが、回数を重ねた理由らしい。

陳腐な言葉だが「犯罪は癖になる」というわけだ。


ほとぼりが冷めた頃、犯人逮捕に貢献してくれたことへの感謝を述べるため、そして事件の顚末を説明するため、園部は近藤モータースに出向いた。

その場には近藤と遠藤の他に深川、高沢、そして倉崎までもが顔を揃えた。

「気心の知れた仲だし、無事に解決した案件だから、まあいいだろう……」

この怪しげな面子に事件の詳細を話していいものか園部は迷ったようだが、結局、明かすことにしたらしい。

遠近コンビを知ったのは深川のおかげだし、深川にこの店を紹介したのは倉崎、そして今回も推理が見事に外れはしたものの捜査に協力したのが高沢……つまり全員、何らかの形で関係している。「真相を知りたい」と言われれば、教えないわけにもいかないということだ。

静かにため息をついて、園部は顔を上げた。

「一連の事件の特徴は、犯行のたびに異なるクルマが用いられていたこと、窃盗のターゲットが限定されたエリアだったこと、そして犯行後のクルマの行方が分からなかったことです。特にクルマが見つからないのは、人目につかない場所に隠されたり、ナンバープレートの付け替えが行われたりしたからだと推測されました。

これらの要素から、犯人グループは犯行現場に近い場所で事業を行っている自動車関連業者ではないか、という見方が強くなりました」

同意を求める園部に、五人の聞き手は一様に頷く。

「犯行に使われたのが全て軽自動車だったことから、当初、犯行後にすみやかにクルマをトラックに載せて運び出したと推測されましたが、捜査の結果、そうでないことが分かりました。

その後、こちらのお二人から新たな可能性が示されました。詳しい解説はぜひ、遠藤さんにお願いします」

「俺ですか？」

唐突に指名された遠藤は驚いた様子だったが、再度、促されると、咳払いして説明を引き継いだ。

「えっと、俺が最初に驚いた、というか呆れたのは、犯行に使われたクルマの種類と色です。仮に俺が同じ方法で金や商品を盗むとしたら、できるだけ速くその場から逃げたいと思うし、目撃者の印象に残らないようにすると思います。そして盗んだものをすばやく放り込んで逃げるとなると、黒い中型以上のミニバンかSUVをチョイスしますよ」

すかさず園部が合いの手を入れる。

「ところが、使用されたのは軽自動車、しかも派手なカラーリングのものばかりでした」

「そうなんです。最初、俺は犯人は単に目立ちたがり屋のバカなんだと思ってました。犯行の手口も荒っぽくて芸がないし……でも、ミステリーじゃないですけど、逆に考えたらどうかと思ったんです」

ミステリーというワードに高沢が敏感に反応する。

「逆に考えるとは、どういうことかな？」

「それはつまり、犯人は決してバカなのではなく、意図的に派手な色のクルマを使っているのではないかということです。となると目的は『警察にその色をはっきりと認識させること』となります。

そこで『犯行に使われたクルマはもともと違う色で、派手な色はカムフラージュではないか』と考えました。園部さんが怪しいと睨んだ『乙』は、板金や塗装のプロです。ですから……」

間髪を容れず、今度は倉崎が口を挿んだ。

「ボディカラーを短時間で塗り替えたってことですか？　以前、流行ったフランス映画で、強盗集団が真っ赤なベンツで白昼に銀行強盗をやった後、でかいトレーラーの中で早業で目立たないグレーに塗り替えるっていうのがあったけど……」

「ああ、『TAXi』ですね。あれは面白かった。公道で実際にハイスピードでカーチェイスさせたりして迫力がありましたよ。でも、あの塗り替えはさすがに無理があると思いますけどね……」

つい応じてしまった深川は、遠藤に先を続けるよう促す。

「実は俺も、すぐにあの映画が思い浮かびました。でも、犯行の数時間後に警察が『乙』を訪ねたとき、そこにあったジムニーは板金が終わって塗装待ちの状態でしたよね。ですから、色は塗り替えたはずはありません。

あのクルマが犯行に使われたものだとすると、答えはただ一つ。『色を塗ったのではなく貼った』ということになります」

クルマの事情に疎い高沢は「貼ったってどういうこと？」と首を傾げる。

一方、デザインの仕事をしている倉崎は「なるほど」と頷くと、隣の高沢に説明した。

「アニメ好きだから当然、痛車（いたしゃ）は知ってるよね」

「もちろん。アニメの萌えキャラが車体に描いてあるクルマのことだよね。あれは日本が誇るべき文化だと思うぞ、うむ」

「誇るべきものかどうかはさておき、あれの多くはイラストをプリントしたシートをクルマに貼り付けているんだよ。シートには屋外広告用とかクルマ用とか、はては飛行機用に至るまで、いろんな種類があるんだ」

「そうか。つまり犯人は犯行前に目立つ色のシートを貼って、警察をミスリードしたってことだな。そして犯行後にシートを剝がせば、まんまと欺くことができるというわけだ」

「そういうこと。ついでにナンバープレートも付け替えてしまえば、犯行に使われた痕跡は完全に消える。軽自動車のプレートは封印がないから簡単だよ」

「完璧じゃないか。これはネタとして使えるよ」

犯人の手法に感心しきりの高沢と倉崎を制し、園部は遠藤に続きを促す。

「もう一つ、お二人が着目した点がありましたよね」

「えっと、ああそうでした。犯行に使うのに選んだクルマなんですが、これにもちゃんと意図があったんです。まず軽自動車はサイズが小さいですから、使用するカラーシートが少なくて済みます。

そしてもう一つ、こちらの方が肝心なんですが、選ばれた車種はツートーンカラーのバージョンがあって、しかもシートの貼り付け作業がしやすい直線的なデザインのものなんです」

再び高沢が首を捻る。

「ツートーンというと、つまり二色ということ？」

「そうです。これを見てください」

一同は、遠藤がテーブルに広げたジムニーのカタログ写真を覗き込む。

写真のクルマはボディはイエローだが、前後のバンパーとルーフ（屋根）はブラックだ。

「なるほどな。これだったら元は黒いクルマの上にイエローのカッティングシートを貼るのはそんなに手間じゃない」

深川の感想を近藤が補足する。

「例えばイエローといっても、カラーシートと実車ではだいぶ色合いが違いますが、深夜ですからその違いに気づく人はまずいませんし、貼ったシートに皺がよっていても、カットした部分の処理が少々雑でも分からないと思います」


納得とばかり皆が頷いたところで、園部が説明を引き継いだ。

「犯人グループは中古車販売業『甲』の二人と、板金・塗装業『乙』の三人でした。犯行には『甲』が保有しているクルマのうち販売先が決まって納車待ちのものと、修理のため『乙』に預けられているクルマが使用されました。

犯行に使われたクルマの行方が分からなかったのは、車体が元と異なる色に偽装され、ナンバープレートが取り替えられ、犯行後、数日のうちに納車されてしまうからです。『甲』に置いてあったネイキッドは、客の都合で納車が遅れてしまったため、我々の目に触れることになったというわけです。

ちなみに偽装に使ったナンバープレートは、営業先などで人目のないところに駐車してある軽自動車から盗んだそうです。それぞれ被害届けが出されていて、監視カメラに映っていたナンバーと一致しました」

園部が一息ついたところに、深川が口を挿む。

「で、ついに逮捕となった六回目の犯行を予測できたのは、犯行に使いやすいクルマが入ってきたからだな？」

「その通り。所轄の刑事が内偵を続けていたところ、ボディが傷ついた黒いハスラーが『乙』に入ってきました。これまで犯行に使われたクルマと条件が合っていたから、そのクルマの板金が終わって、塗装に入る前に実行するだろうと予測していたら、ビンゴだったというわけです」

そこに興味を持ったらしい高沢が、「ちょっといい？」と声を上げる。

「なるべく客に納品する直前の方がリスクが少ないわけだから、作業が全て終わってからの方がいいんじゃないのかな」

「いえ、塗装したばかりだと塗料が完全に乾ききらないので、その上から粘着力の高いシートを貼ったら、剝がすときに下の塗料まで剝がれてしまう恐れもありますから、その前の方がいいでしょうね」

「ああ、そうか。ちゃんと理由があるんだな」

「その点については私も疑問があります。以前、この手のシートをデザインの仕事で扱ったことがあるんですが、あれってかなり粘着力が強いですよね。剝がすのも大変だし、ボディに接着剤の跡がかなり残ると思いますけど、それはどうなんでしょう？」

高沢に続いて質問した倉崎には、近藤が答えた。

「実際、大変だと思います。でも彼らはその道のプロですよ。接着剤をうまく剝がす術も知っているでしょうし、シートを貼る前に、ごく薄くボディにオイルを塗布するとかして、シートの粘着力を弱めていたかもしれません」

「近藤さんのおっしゃる通り、犯人たちはシートの扱いにも長けていたようです。例えばクルマ関係のイベントの際、その時だけシートを貼って、終わったらすぐに剝がすようなこともやっていたらしく、ノウハウがあったようです。

それで、六回目の犯行から戻ったところを、待ち構えていた警察によって逮捕となったわけですが、クルマの中からは盗んだ金品が見つかり、そのクルマの本来のナンバープレートは事務所の机の中にありました。

使われたホワイト、イエロー、ブルー、レッド、オレンジのカラーシートは、一連の犯行のために購入したものではなく、以前から所有していた在庫品で、ガレージの隅に束ねられていたのを証拠品として押収しました。私の報告は以上です。ご協力、ありがとうございました」

近藤と遠藤に向かって、園部は改めて頭を下げた。

「水を差すようだが、二つ質問があるんだ」

深川の声に、少しは空気を読めよ、とばかり親友の顔が曇る。

「全て説明しただろ。これ以上、何があるんだ？」

「いや、押収したカラーシートにホワイトがあったから、最初の犯行の時に貼られたのがそれだと思ったんだが、そのクルマは何だったのか気になっただけだ」

「ああ、犯人グループの自供によると、『甲』にあったダイハツ タントという軽自動車らしい。犯行から三日後に買い手に引き渡されている。で、もう一つは何だ？」

「犯人は現金だけじゃなくて、店の商品も盗んでるだろ？　ということは誰かに売って金にしないことには意味がないじゃないか。でも、例えば高級時計なんかはシリアルナンバーが印字された保証書とセットでないと、すぐに盗品やフェイクが疑われるんだよ。今回の場合、その線から捜査するっていうのはなかったのか？」

「たしかにそこを突かれると痛いな。一応、ブランド品の買取店なんかはあたったらしいが、それらしいものは何も出なかったそうだ。まあ、通り一遍の捜査しかしてないだろうしな……」

ふいに近藤が二人の会話に割って入った。

「人手を割いても難しいかもしれませんよ」

「どうしてですか？」

「我々クルマ屋のネットワークって、案外バカにならないんです。クルマを修理したり改造したりするのって、いろんな業者が関わりますから……出入りする人たちに『訳あり』と断わってディスカウント価格を提示すれば、結構さばけると思いますし、そうなったら表にはなかなか出てこないでしょう」

「おっしゃる通りかもしれません。人づきあいがない単独犯だったら、現金化するには買取店に持ち込むとかネットオークションに出品するしかないですが、人脈があるんだったら直接、売った方がいい。

面識がある人の方が、プロの業者よりも高く買ってくれるでしょうしね。実際のところ、五回目までの犯行で盗まれた商品は、ほとんど押収できませんでした」

深川が園部と共に頷いた傍では、遠藤、倉崎、高沢の三人が話し込んでいる。

「今回の犯人だけど、客のクルマを犯行に利用するとか、ボディカラーとナンバープレートの両方を偽装するとか、極めて巧みだと思うのだが、さっき遠藤さんが言っていたように、ドアを壊して強引に店に侵入するというのは芸がないというか、いただけないな」

「小説だったらもう少し捻りがあってもいいよね。侵入の形跡は何も残さず、セキュリティも作動せず、翌朝、オーナーが店の鍵を開けて初めて盗みに入られたことに気づくとかね……」

「うん、そこまでやればより完全犯罪に近くなるし、謎解きのハードルも上がるな、うむうむ」

「倉崎さん、さっきから『ネタ』とか『小説』とか言ってるけど、この人は作家か何かなんですか？」

「ああ、彼は私の昔からの友人で、ミステリー作家の高沢のりお君です」

「ええっ！」

遠藤は突飛な声を上げる。

「あの『美少女探偵シリーズ』の高沢のりおさん？　本人？　マジで！　俺、大ファンなんですよ」

握手を求められた高沢は、笑顔で応じる。

「やあやあ、こんなところでファンに会えるとは嬉しいよ。今回の事件のトリックを見破ったのは遠藤さんなんでしょ。先ほどの口調からも常日頃からミステリーを嗜んでいるとお見受けしたが……」

「はい、ミステリーは大好きです。高沢さんの『美少女探偵シリーズ』はもちろんですが、少し前に出された『真実さもなくば混沌』みたいなシリアスなのも好きです。ああいうのをまた書いてくださいよ」

「そうだねぇ、社会派ミステリーは厳密さが求められるし、調べることも多いから、なかなか難しいなぁ……ともあれこれから先、クルマが絡むトリックも必要になるかもしれないし、その時は遠藤さんに指南してもらうことにするかな」

「光栄です。ぜひ協力させてください。『美少女探偵』の最新刊って、舞台が豪華客船でしたよね。だったら次は、超高級車に纏わるミステリーとかどうですか」

「ううむ、主人公のユナは十八歳未満だから、クルマの運転ができないのがネックなのだが……」

すかさず倉崎が口を挿む。

「クルーズ船のミステリーで登場した、ユナと行動を共にする女性がいたじゃないか。実は彼女はA級ライセンスを持っていて、カーレースに出場したこともある腕の立つドライバーってことにすればいいいんじゃないのかい？」

「うむ、それは名案だ。その方向で考えてみるとするか」

そういえば、と遠藤が口を開く。

「天現寺憂の『美少年探偵シリーズ』の最新刊も豪華客船が舞台でしたけど、高沢さんと何か関係あるんですか？　天現寺って男か女かも分からない覆面作家ですよね。実は高沢さんが天現寺だったりして……」

「あああぁ――、古傷が痛むから、その名前を口にするのだけは勘弁してくれないかなぁ」

狼狽を隠せない高沢に代わり、倉崎が愉快そうに答えた。

「天現寺さんと高沢君は全くの別人ですよ。それだけは確かです」

終

年度が替わり都内の桜の見ごろも過ぎたが、クルマはトラブルもなく快適。

このまま暑い季節が来るまで楽しめそうだ。

気持ちのいい平日、仕事が一段落したので、独りでドライブに出かけた。
特に目的地を決めず、気の向くままハンドルを切るのもまた一興。
都内は網の目のように道路が走っており、初めて通る道も多い。
このクルマにはもちろん、カーナビはついていない。
もしトラブルが起きたら、携帯のナビアプリを使って自宅に戻ればいい。
そんな事態にはなりそうにない。
異音はどこからも聞こえないし、直6エンジンは快調に回っている。
……と、信じられないことが起こった。
時速四〇キロを指していたスピードメーターの針が、ストンと落ちてしまった。
加速しようが減速しようが、針は全く動かない。
まさか、こんなところが壊れるとは！
意表をつくトラブルに、思わず苦笑してしまう。
またあの二人にクルマを預けることになってしまった。
ハザードを出して路肩に停車させると、私はポケットから携帯を取り出した。

本書は書き下ろしです。

この物語はフィクションです。実在の人物・団体とは一切関係ありません。

ミステリーは非日常とともに！

2021年5月19日　第一刷発行

［著　者］　未須本有生

［発行者］　南雲一範

［装丁者］　奥定泰之

［装　画］　オオタガキフミ

［校　正］　株式会社歐来堂

［発行所］　株式会社南雲堂
東京都新宿区山吹町361　郵便番号162-0801
電話番号　(03)3268-2384
ファクシミリ　(03)3260-5425
URL　https://www.nanun-do.co.jp
E-Mail　nanundo@post.email.ne.jp

［印刷所］　図書印刷株式会社

［製本所］　図書印刷株式会社

ISBN 978-4-523-26601-3　C0093

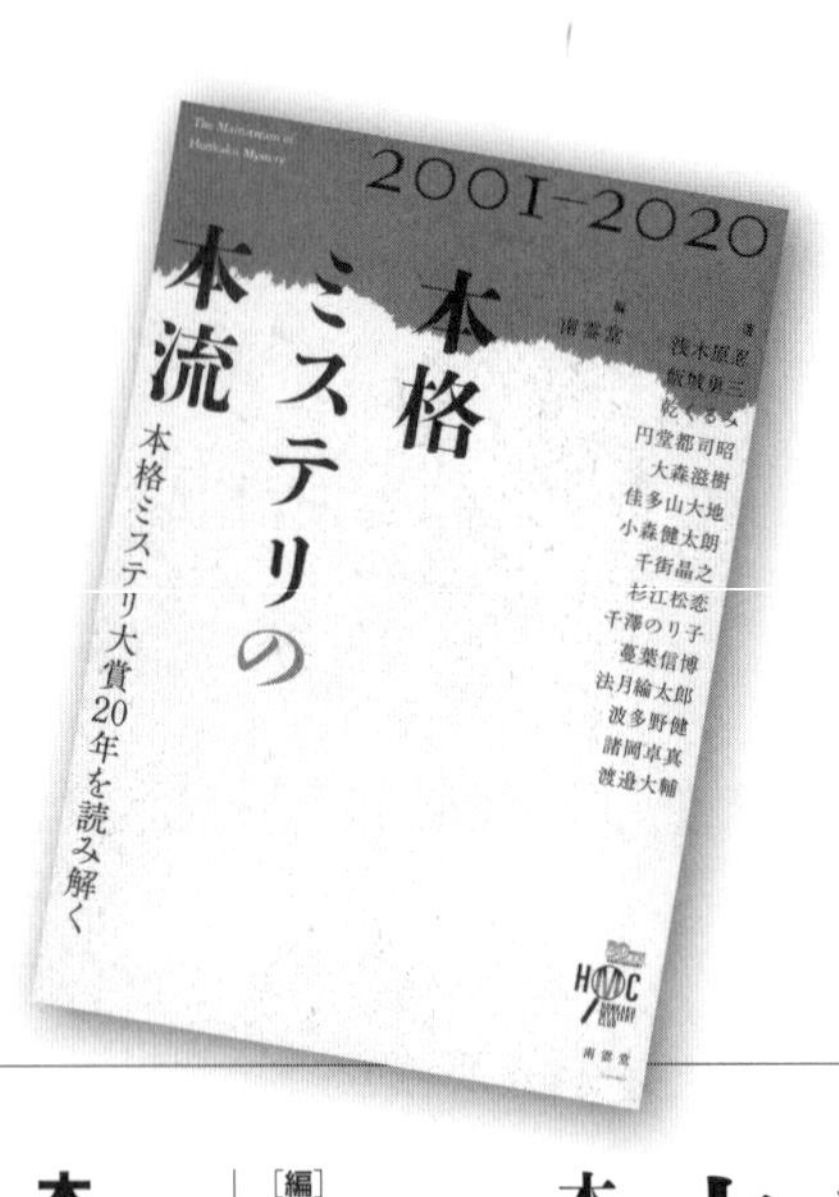

本格ミステリ大賞20年を論考し、
21世紀の本格ミステリの本流を
するどく抉る評論集!!

本格ミステリの本流

本格ミステリ大賞20年を読み解く

[編]
南雲堂

[著]
浅木原忍
飯城勇三
乾くるみ
円堂都司昭
大森滋樹
佳多山大地
小森健太朗
千街晶之
杉江松恋
千澤のり子
蔓葉信博
法月綸太郎
波多野健
諸岡卓真
渡邉大輔

四六判上製　四五六ページ　本体二六〇〇円＋税

本格ミステリ作家クラブ20周年記念論集

20TH ANNIVERSARY
HMC
HONKAKU MYSTERY CLUB

ミステリ作家、評論家の参加する団体・本格ミステリ作家クラブ会員の投票により、その年もっとも優れたミステリとして決定される本格ミステリ大賞。2001年からスタートしたこの賞の受賞作に投票をした会員によって受賞作・受賞作家の論考をまとめ、本格ミステリのより濃いエッセンスを抽出する本格ミステリ作家クラブ20周年記念論集。